Maturidade
Recomeço

Editora Appris Ltda.
1.ª Edição - Copyright© 2024 da autora
Direitos de Edição Reservados à Editora Appris Ltda.

Nenhuma parte desta obra poderá ser utilizada indevidamente, sem estar de acordo com a Lei nº 9.610/98. Se incorreções forem encontradas, serão de exclusiva responsabilidade de seus organizadores. Foi realizado o Depósito Legal na Fundação Biblioteca Nacional, de acordo com as Leis nᵒˢ 10.994, de 14/12/2004, e 12.192, de 14/01/2010.

Catalogação na Fonte
Elaborado por: Dayanne Leal Souza
Bibliotecária CRB 9/2162

R786m 2024	Roque, Líver Maturidade: recomeço / Líver Roque. – 1. ed. – Curitiba: Appris, 2024. 137 p. ; 23 cm. ISBN 978-65-250-6358-4 1. Romance. 2. Saudade. 3. Distâncias. I. Roque, Líver. II. Título. CDD – B869.93

Appris editora

Editora e Livraria Appris Ltda.
Av. Manoel Ribas, 2265 – Mercês
Curitiba/PR – CEP: 80810-002
Tel. (41) 3156 - 4731
www.editoraappris.com.br

Printed in Brazil
Impresso no Brasil

Liver Roque

Maturidade
Recomeço

artêra
e d i t o r i a l

Curitiba, PR
2024

FICHA TÉCNICA

EDITORIAL	Augusto V. de A. Coelho
	Sara C. de Andrade Coelho
COMITÊ EDITORIAL	Marli Caetano
	Andréa Barbosa Gouveia (UFPR)
	Edmeire C. Pereira (UFPR)
	Iraneide da Silva (UFC)
	Jacques de Lima Ferreira (UP)
SUPERVISOR DA PRODUÇÃO	Renata C. Lopes
PRODUÇÃO EDITORIAL	Sabrina Costa
REVISÃO	Cristiana Leal
DIAGRAMAÇÃO	Amélia Lopes
CAPA	Eneo Lage
REVISÃO DE PROVA	Sabrina Costa

A todas as mulheres que, mesmo sufocadas,
incompreendidas, feridas e anuladas,
vencem suas dores, conseguem dar seu grito
de Liberdade e sair em busca de sua vida
antes que seja tarde demais.
Somos fortes, somos mulheres!

Por favor, procure por mim
Preciso urgente me encontrar
Antes que o dia termine
Antes que o amanhã chegue
Antes que o desejo esfrie
Antes que as lágrimas caiam
Antes que a vida passe
Antes que eu me esqueça
De como se vive
De como se ama
Do que se faz para ser feliz.

(Líver Roque)

APRESENTAÇÃO

O desejo de escrever estava adormecido,
mas não morto.

Líver Roque começou sua vida literária em 2020, aos 60 anos de idade. O desejo nascido na infância voltou forte como sempre, mas com a possibilidade de se tornar realidade. O pseudônimo Líver Roque é em homenagem ao seu pai, Geraldo Roque, já falecido.

Líver Roque escreve para se sentir viva em cada personagem e dedica todos os romances às mulheres. Com 64 anos, sente que ainda tem muito a escrever com o compromisso de enaltecer as mulheres e fazer de cada uma delas uma guerreira forte e destemida que vive seus amores e emoções.

Em seu romance *Maturidade – Recomeço*, a autora trata do amor maduro que nasce entre duas pessoas muito diferentes: Henrique, um homem romântico e apaixonado, e Melina, uma mulher descrente da vida, do amor e conformada com seu casamento fracassado e sem alegrias.

Uma noite juntos é o que propõe Henrique para ter a chance de entrar na vida de Melina. Ela aceita, contudo, deixa claro que não haverá amanhã para eles.

Ao retornar para casa e para sua vida, Melina reflete sobre sua existência vazia e sem sentido e se recorda da mulher apaixonada que foi despertada por Henrique em uma noite que nunca mais se repetirá, mas que não será esquecida.

Uma mulher que ficou na cama quente de um amor impossível.

Movido pelo desejo de rever a mulher maravilhosa que esteve em seus braços, Henrique envia centenas de mensagens, sem resposta. Melina desistiu de lutar por sua felicidade e sucumbiu à sua vida de desencantos e desencontros. Ela vive cada dia como se fosse a repetição do dia anterior e sofre.

O romance trata dos sentimentos que prendem as pessoas, como a saudade, o amor, as indecisões e a busca por uma nova forma de ver o mundo.

O sofrimento permeia toda a narrativa. As reflexões sobre os relacionamentos humanos, a busca pelo amor verdadeiro e pela satisfação dos desejos, bem como a saudade são claramente percebidas na dinâmica da vida de Henrique e Melina. A felicidade tem um preço.

Poderão Melina e Henrique pagar o alto preço da ousadia de serem felizes ou perecerão sob o peso da ignorância familiar?

SUMÁRIO

CAPÍTULO I
O ENCONTRO
O acaso 13

CAPÍTULO II
UMA NOITE...
... Apenas? 29

CAPÍTULO III
BEM-VINDA AO MUNDO REAL, QUERIDA!
Vida que segue 47

CAPÍTULO IV
JUNTOS...
Encontro de almas 65

CAPÍTULO V
UMA DISTÂNCIA A VENCER
A dura realidade 85

CAPÍTULO VI
VERDADES REVELADAS
Sonhos desfeitos 97

CAPÍTULO VII
UMA NOVA VIDA
A felicidade pede passagem 104

CAPÍTULO VIII
CUIDANDO DO PAI
Difícil convivência 114

CAPÍTULO IX
FUGA
O passado volta a assombrar................................... 122

Capítulo I

O ENCONTRO

O acaso

A saudade é uma antítese em si mesma.
Ao mesmo tempo em que devora
as horas passadas a esmo,
enche de sentido a espera pelo retorno,
pelo abraço, pelo carinho tão desejado.

A festa estava bastante animada naquela manhã de sábado quando elas chegaram. O dia estava esplêndido, o sol brilhava com toda sua força, e o céu estava de um azul inacreditável. Uma brisa suave amenizava o calor.

O espaço onde a festa se realizava era formado por um enorme salão com pista de dança e um ambiente gourmet ao fundo, onde eram servidos petiscos, bebidas e refeições, com muitas mesas ao redor. Havia ainda espaço para os músicos. Uma orquestra inteira caberia ali e sobraria lugar.

Do lado direito, um longo corredor levava ao segundo andar, local reservado para aqueles que pernoitariam. Estavam disponíveis quartos com camas individuais e com camas de casal. Tudo extremamente limpo e organizado. Era realmente um lindo lugar para uma festa da proporção da que estava acontecendo.

Várias pessoas já se encontravam no local. Algumas nas mesas, bebendo e conversando, as mais jovens dançando ao som de músicas eletrônicas, outras apenas passeando ao longo do imenso e bem cuidado jardim que se estendia por toda parte externa do prédio.

Do lado de fora do ambiente, havia um palco, piscinas, mesas e bancos mais afastados para quem não se entusiasmava muito com a alegre e barulhenta música dos jovens. O lugar estava bastante movimentado, embora fosse relativamente cedo e muitas pessoas ainda não tivessem chegado.

Um carro parou na entrada, em frente ao enorme prédio. A porta se abriu e dele desceu uma mulher que olhou em todas as direções sem se deter em um lugar específico. Era de estatura mediana, tinha cabelos curtos, pele morena, olhos negros, boca bem-feita. Estava acompanhada de uma jovem muito bonita.

Em frente à porta de entrada do salão, tranquilamente saboreando um uísque, um homem olhou com curiosidade para a cena. Era alto, tinha cabelos castanhos claros, olhos claros, bem cheio de corpo.

Seus olhos se cruzaram, entretanto, a mulher não demonstrou realmente tê-lo visto e continuou analisando o local com curiosidade.

O homem caminhou em direção ao carro.

— Bom dia! Gostariam de um lugar para estacionar?

— Bom dia! Sim. Pode nos ajudar?

— Certamente. Será um prazer!

O homem aproximou-se da porta do carro para falar com a motorista, uma jovem bem parecida com a senhora que a acompanhava.

— Você pode seguir em frente, do lado esquerdo há um estacionamento. Vou acompanhá-las, caso precisem de ajuda.

Seguiu o carro a pé. O local ainda estava vazio e não tiveram dificuldades. A moça que dirigia saiu do carro e tirou duas malas. Caminharam até a entrada da casa.

— Muito obrigada por nos acompanhar!

— Foi um prazer. A propósito, meu nome é Henrique, e o seu?

— Melina. Esta é minha filha, Lúcia.

Lúcia cumprimentou Henrique e dirigiu-se ao prédio.

— Você já sabe em que mesa vai ficar?

— Ainda não. Preciso verificar. O convite está com minha filha.

— Caso não se importe, poderia ficar em minha mesa. Estou sozinho e, confesso, sinceramente preocupado com quem possa se sentar comigo, pois não conheço ninguém, além dos noivos e de suas famílias.

— Por mim, tudo bem. Prefiro não ficar tão próxima ao barulho da música dos jovens. Para eles é ótima, para mim nem tanto.

— Vamos lá, então. Minha mesa é um pouco afastada, assim ficamos longe da música, em local mais reservado.

Caminharam em direção à mesa um pouco afastada das demais. Era coberta e estava posicionada sob umas árvores, em meio ao lindo jardim. Vez ou outra, folhas e flores caíam sobre a grama.

O salão era bem afastado da cidade, um local para grandes eventos. Estavam ali para uma comemoração de casamento. Havia por volta de duzentos convidados no total. Era uma manhã de verão que prometia bastante calor e céu totalmente limpo. A festança estava animada, mesmo sendo cedo para tal. Eram onze horas da manhã.

— Você toma alguma coisa?

— Água para começar.

Henrique acenou para o garçom e fez o pedido.

Ele era um homem de 65 anos. Alto, mas não do tipo atlético. Tinha um sorriso aberto, era bastante simpático e atraente. Falava calmamente como se pensasse nas palavras antes de proferi-las.

Sua acompanhante estava nos 58 anos. Cabelos curtos, olhos castanho escuros. Possuía um olhar de mistério, talvez apenas de não querer se mostrar, estatura mediana, fala pausada e mansa.

A água chegou e ela pôs-se a saboreá-la como se fosse a mais deliciosa das bebidas. Conversaram sobre assuntos diversos, pareciam conhecidos de longa data. Às vezes ele a olhava intensamente. Ela não percebia ou fingia não perceber. Aquele ar de mistério encantava Henrique. Melina era o tipo de mulher que não se deixava ver por completo. Mesmo quando o assunto era de conhecimento geral, sua opinião ficava suspensa. Não gostava de se expor de imediato, mas era alegre e desinibida. Seu sorriso era fácil e franco. A risada, cristalina.

Depois que os canapés foram servidos, ela resolveu acompanhar Henrique na bebida. Tomaria uísque como ele. Foi-lhe servido com dois cubos de gelo.

Estava quase na hora do almoço e nenhum dos dois dera-se conta da passagem das horas. A conversa fluía tranquila e agradável. Falavam sobre tudo, principalmente sobre música, não da melodia, mas do grande segredo escondido nas letras. Tinham gostos musicais semelhantes. Gostavam basicamente do que havia de melhor. Grandes compositores e grandes intérpretes. Essa afinidade fazia com que os assuntos voassem de um para outro sem, no entanto, deixar de haver conexão entre eles.

Em dado momento, Melina mexeu o uísque com o dedo e o levou à boca, um gesto que costumava fazer com frequência.

— Nossa!

— Que foi?

— Nada.

Ele riu e continuou olhando para ela.

— Veio só com sua filha?

— Sim, apenas nós duas. O restante decidiu ficar em casa.

— Tem mais filhos?

— Mais dois.

— É casada? Seu marido não quis acompanhá-la?

— Sim, para a primeira pergunta e não para a segunda.

— Por que ele não veio?

— Não costumamos sair juntos. Temos gostos diferentes.

MATURIDADE: RECOMEÇO

— Se eu fosse seu marido, iria acompanhá-la em todos os lugares.

— E tolheria minha liberdade?

— Não, mas não a deixaria assim tão leve e solta. Uma mulher como você atrai olhares, é melhor não facilitar.

— Não atraio olhares. Está vendo alguém me olhando?

— Neste momento, não, mas eu olhei para você assim que chegou.

— Apenas para nos ajudar a estacionar. Viu que precisávamos de auxílio.

— Na verdade, quando fui ajudá-las, passei à frente do manobrista que já estava indo pegar o carro. Você chamou minha atenção no momento em que saiu do carro.

— Pelo visto foi só você que me olhou.

— Ainda bem que agi rápido, mas tenho certeza que havia outros olhares.

— E sua esposa onde está?

— Não há "minha esposa". Sou divorciado.

— Entendi o pedido para ficar na sua mesa. Está fugindo de possíveis pretendentes. Como pode saber que não vou atacá-lo? Posso ser uma pretendente disfarçada. Alguém apenas fingindo desinteresse. — Melina falou com uma gostosa gargalhada.

— Tenho certeza que não. Já o contrário não posso garantir.

Riram das falas de ambos. A conversa seguiu alegre e leve.

Após o almoço, decidiram se sentar em um banco mais afastado do magnífico jardim, onde ficariam ainda mais à vontade, sem ninguém para importuná-los. Outra dose de uísque foi servida, e novamente o gesto de mexer a bebida com o dedo e levá-lo à boca. Henrique observava com um sorriso. Considerou o gesto bastante sensual, mas nada disse. A sensualidade de Melina parecia ser inata. Ela não demonstrava perceber ou se importar. Agia com naturalidade.

— Você vai ficar hospedada aqui ou em um hotel?

— Preferi ficar num hotel. O pessoal pretende ficar até de manhã dançando e eu vou querer dormir. Muito bem, por sinal.

— E em que hotel está hospedada? Pode ser que seja o mesmo que o meu. Poderemos ir juntos se for o caso.

Conferiram os hotéis. Não eram os mesmos. Um era bem no centro e o outro, um pouco mais afastado.

Já quase no final da tarde, Melina foi chamada pela filha para se arrumar para a cerimônia que teria início um pouco mais tarde. Ela pediu licença e saiu acompanhada por Lúcia.

Algum tempo depois, voltou pronta, com um bonito e alegre vestido, amarelo escuro e preto que acentuava o moreno de sua pele. Estava ainda mais bonita. Viu que Henrique a aguardava perto da porta. Ele usava uma camisa azul, que destacava sua pele bem clara. Pediu a Melina que ficasse com ele e o acompanhasse durante a cerimônia, pois não queria ficar sozinho. Ela riu e disse que faria o sacrifício. Após a cerimônia, que não foi longa, retornaram para o local onde estavam antes.

A cerimônia foi bonita e muito comovente. A noiva estava maravilhosa e sorridente e o noivo, esbanjando felicidade.

Melina falou com uma ponta de tristeza no olhar:

— Espero que levem esta beleza para a vida toda!

— Não acredita que levarão? Aposto na felicidade deles.

— Espero realmente que sim. Tomara que continuem assim, lindos e felizes, por muito tempo, quem sabe para sempre.

— Pensa que podem mudar?

— Algumas pessoas mudam tanto que ficam o oposto do que eram. É uma pena quando isso acontece. Destroem o que há de melhor no outro.

— Está falando do casamento deles ou do seu?

— Falo de um modo geral. Algumas pessoas são capazes de enganar, parece que têm dupla personalidade.

— Com você, no seu casamento, aconteceu isso? Seu marido mudou?

— Vamos falar de outra coisa?

— Não gosta de falar de você?

— Não tenho nada de tão interessante que mereça ser falado.

— Não concordo. Você é uma mulher fascinante. Tenho certeza que há coisas a serem faladas. Sua vida, seus projetos, seus sonhos...

— Sonhos são sonhos, só isso. Gosto mais da realidade. Vamos voltar antes que fiquemos sem lugar.

Melina preferia fugir de assuntos que envolviam sua vida e Henrique percebeu.

Ele estava admirado com a alegria e vivacidade dela. Era uma pessoa de bem com a vida, leve e solta. Falava de vários assuntos colocando sua opinião com clareza e simplicidade. Ela, primeiro, refletia e só depois falava. Apenas se negava a falar de si mesma.

Em dado momento, ele disse:

— Acredita em amor à primeira vista?

— Não, já passei da idade de grandes paixões.

— Mas pode acontecer, não pode?

— Acho bastante difícil. Como podemos amar quem nem conhecemos? Para mim é improvável. É preciso convivência entre duas pessoas para haver mais afinidade, carinho e, sobretudo, amor.

— Por acaso, o amor depende de apresentações? Não creio que aconteça dessa forma. Pode surgir de um olhar, um sorriso, um gesto...

— De apresentações, creio que não, mas também não acontece assim, do nada. Penso que é necessário um pouco de convivência ou será apenas um encantamento momentâneo que não chegará a lugar algum.

— Discordo. Para mim, é possível olhar para uma pessoa e perceber que ela é diferente das demais e ficar encantado. Sentir um "quê" que envolve e faz o sangue queimar e gelar ao mesmo tempo.

— Nossa, como você é romântico! Essas sensações não significam que seja amor. Como eu disse, pode ser apenas um encantamento, algo passageiro.

— Sou romântico sim. Tipo em extinção. Devo ser o último da espécie.

— Com certeza! Eu não conheço ninguém assim. Ao menos não me lembro, não no meio em que vivo.

— Venha comigo!

— Como? Não entendi.

— Venha embora comigo! Quando terminar a festa, em vez de voltar para sua casa, vamos para a minha. Poderemos começar uma vida juntos.

— Você tem noção do que está falando? Ou está tentando ser engraçado? Quem sabe querendo animar a conversa ou outra coisa qualquer.

— Sei perfeitamente de que estou falando. Não costumo falar coisas sobre as quais não esteja pensando realmente. Gosto de sinceridade.

— Eu disse que sou casada. Não faz sentido ouvir isso de você. Deve ser brincadeira sua.

— Casada com alguém que não a acompanha a lugar algum? Eu a acompanharia sempre. Estaria ao seu lado o tempo todo.

— Sim, mas isso não faz de mim uma pessoa livre. E eu gosto de sair sozinha, vou aonde quero e com quem quero, sem dar satisfações.

— Eu sei, mas não vem ao caso. Estou pedindo que venha comigo. Vamos embora juntos. Simples. Somos adultos e podemos tomar nossas próprias decisões. Não precisamos da autorização de ninguém.

— Como não vem ao caso? O que digo para minha filha? "Olha, pode voltar sozinha que vou para a casa de alguém que acabei de conhecer"? Não faz sentido! Para tomarmos decisões como adultos, necessitamos nos mostrar como adultos, e não como adolescentes que podem correr para os braços dos pais quando se encrencam. Já passamos, há muito tempo, dessa época.

— Às vezes perdemos muitas chances na vida por não fazer sentido no momento. Gostaria que não fosse assim. As pessoas pensam muito e não chegam a lugar algum. Quando se arrependem, pode ser tarde demais. De repente perderam uma chance de serem felizes e ficam se cobrando por decisões não tomadas e atitudes erradas. A vida passa muito rápido para perdermos tempo com convenções sociais e opiniões alheias.

— Esquece! Não vai acontecer. Amanhã voltarei para minha cidade e para minha vida e pronto. Mais uma festa que acabou, apenas isso. Qualquer outro assunto será irremediavelmente esquecido. É a vida que segue seu curso.

Ele a olhou fixamente nos olhos. Estava sério.

— Fique comigo esta noite, então. Já que não quer ir embora comigo, podemos, ao menos, passar esta noite juntos. Apenas uma noite.

— Por que? Faz menos sentido ainda.

— Quero uma lembrança sua para quando eu for embora. Provavelmente nunca mais nos veremos, mas lembraremos desta noite. Eu quero me lembrar de como a conheci. Uma mulher maravilhosa que, com toda a certeza, não esquecerei. Levo uma lembrança sua e deixo uma lembrança minha. Em nossos corpos. Só nós saberemos, se esta for nossa única noite. Se voltarmos a nos ver, poderemos recordar juntos nosso começo. Não quero perder a chance de estar em seus pensamentos quando voltar para sua vida. Pode ser que, a partir desta noite, nos vejamos sempre e, quem sabe, aconteça um amor entre nós. Esta noite seria apenas o início de algo duradouro, quiçá para toda vida.

Ela considerou por um tempo. Repetiu o gesto no copo de uísque.

— Não faça isso, por favor.

— Desculpe-me! É falta de educação?

— Não, é excesso de sensualidade.

— Só uma noite? Sexo casual? É o que seria.

— Não será sexo casual. Quero fazer amor com você. Nada menos. Quero que você desfrute do que sinto, que sinta que realmente estou apaixonado, embora teime em não acreditar.

— Acabamos de nos conhecer e você fala de amor? Não é um pouco cedo para isso? Não está sendo romântico demais? Pode se decepcionar.

— Existe tempo para o amor? Se vou me decepcionar, prefiro deixar para pensar depois. Agora, neste exato momento, sei apenas que quero uma lembrança sua. Mesmo que seja apenas em uma noite. Gostaria que fosse mais, mas posso me fazer presente em seus pensamentos, sei lá, ficar desejando que talvez você imagine que é possível algo mais entre nós ou que pense em mim algumas vezes.

— Você é um romântico mesmo. Eu não. Sinceramente ando meio descrente de grandes amores. São muito complicados, fazem mais mal do que bem, e tenho uma vida bastante agitada para pensar em romance.

— Vamos ficar juntos esta noite, então? É tudo que lhe peço. Amanhã seguimos nossas vidas. Você volta para seu marido, e eu, para minha solidão. Mas com uma lembrança sua. Se nos encontrarmos novamente, o que é de minha vontade, poderemos continuar de onde paramos.

— Posso pensar? Não gosto de decidir nada no calor do momento, pois acabamos tomando atitudes das quais nos arrependeremos depois. Ainda mais quando se trata de passar uma noite com alguém que acabei de conhecer. Você há de convir que não é algo que acontece todos os dias. Preciso de tempo para não me arrepender depois, embora não haja nenhuma possibilidade de nos encontrarmos novamente. Somos diferentes e vivemos em mundos totalmente separados.

— Tudo bem. Terei uma resposta até à tarde?

— Talvez.

— Assim fica difícil. Vou aguardar na incerteza?

— Sim. Não entendo sua urgência.

— Você disse que não acredita em amor à primeira vista, e eu quero uma chance de lhe mostrar que é totalmente possível. Se me der esta oportunidade, farei com que entenda o que sinto por você.

MATURIDADE: RECOMEÇO

— Em uma noite? Tem certeza? Não está se supervalorizando? Ou talvez me veja como uma mulher ingênua!

— Sim, em uma ou mais noites, depende de você. Não estou me supervalorizando nem penso que seja ingênua, só desejo que perceba que sexo casual e fazer amor são coisas diferentes. No primeiro caso, não é preciso levar em consideração quem seja a pessoa, mas o segundo exige entrega, querer dar prazer ao outro, querer que se perceba que é importante, que é possível continuar e não acabar quando o dia amanhece. É querer continuar no dia seguinte e nos dias que se seguirem. É vontade de construir uma vida juntos.

— Não considera muita coisa para se conseguir em uma noite?

— Poderia ser a primeira de muitas outras. Podemos ter uma vida que nos faça felizes. Você será sempre o grande amor de minha vida, prometo que será muito feliz comigo, e eu serei imensamente feliz ao seu lado. Queria que tivesse certeza disso como eu tenho, que não se prendesse ao fato de nos conhecermos agora e de não termos convivido ainda.

A tarde seguiu com conversas mais amenas, exceto pelo olhar constante que Henrique dirigia a Melina. Ele tentava descobrir naquele rosto a resposta que esperava, mas, por mais que tentasse, não podia antecipar o que aconteceria. Ela poderia ficar com ele ou simplesmente lhe dirigir um belo sorriso e ir embora com, sabe-se lá quem e sabe-se lá para onde. Mas ele seguiria tentando. Talvez, se agisse diferente. Fora impulsivo, sabia disso, mas a ocasião não era para pensar tanto.

Henrique nunca fora de grandes arroubos, embora fosse romântico, mas aquela mulher era muito diferente. Era bonita sem exageros. Alegre e sensual, sem esforço, segura de si. Não demonstrava precisar de ninguém, fora à festa sozinha e não parecia estar preocupada com isso. Estava à vontade ao lado dele, mas não aparentava sentir mais nada além de satisfação de estar naquela festa e naquele lugar. Não demonstrava exultação por estar com ele, poderia ser outro ou ninguém. Para Melina seria a mesma coisa. Para ele, entretanto, fazia grande diferença estar com ela.

Henrique estava sendo sincero em tudo o que falava, mas era extremamente complicado fazer-se entender por alguém que não estava em busca de amores ou romances. Era como tentar colocar pensamentos diferentes em quem não demonstrava interesse em mudar seu modo de pensar e ver o mundo.

Melina não queria e não iria se envolver com ninguém.

Isso era certo.

Ela estava ali apenas para passar um final de semana diferente. Não se considerava capaz de sentir algo, uma pequena atração que fosse por alguém, muito menos por Henrique, que demonstrava ser extremamente sonhador. Não queria e não iria embarcar em seus sonhos românticos de amores eternos nascidos de apenas um olhar.

Impossível!

Voltaria para sua vida, e a festa seria uma boa e doce recordação, não havia lugar para os enlevos românticos de Henrique em sua realidade. Era muito racional para se deixar levar por romantismos, principalmente quando regados a uísque.

Henrique decidiu tentar de forma diferente.

— Vamos fazer o seguinte: você fala para sua filha que vou levá-la para o hotel, saímos juntos e vamos para onde estou hospedado. Se, ao chegarmos, você não quiser ficar comigo, eu a levo embora e ponto final. Não acontecerá nada que não queira. Prometo que não insistirei. Só não posso deixar este encontro acabar assim. Preciso que acredite em mim e no que digo. Tudo bem dessa forma?

— Sim, está melhor. Não gosto de me sentir pressionada. Se dou minha palavra, tenho que cumprir, por isso sempre me reservo uma saída.

Assim ficou decidido. Eram oito horas da noite quando Melina se aproximou de sua filha e disse que iria para o hotel. Lúcia disse que acompanharia a mãe e voltaria para a festa assim que a deixasse instalada, mas Melina falou:

— Não precisa, vou de carona. Amanhã, por volta do meio-dia, volto. Não se preocupe, sei me cuidar.

— Vai com quem? Tem certeza de que não preciso levá-la? — perguntou Lúcia.

— Vou com Henrique, a pessoa que que nos ajudou mais cedo, vou ficar bem sim. Aproveite a festa, que está muito boa. Um pouco barulhenta para mim, mas no ponto para você — respondeu Melina.

— Henrique, hein?! Ficaram o dia todo juntos. A conversa foi boa, pelo visto. Nunca a vi tão entretida com alguém.

— Sim, a conversa foi alegre, leve e divertida. Até amanhã, filha!

— Até amanhã, mãe! Manda mensagem quando chegar ao hotel, por favor.

Melina saiu e foi em direção ao carro que a aguardava. Henrique abriu a porta, e ela entrou. Partiram.

No caminho estavam silenciosos. Ele pensava em como tudo terminaria. Teria sua noite de amor? Queria que falassem sobre alguma coisa, mas o que? Melhor continuar em silêncio. Nunca se sentira assim, sem palavras. Parecia um adolescente junto da primeira namorada, sem saber o que falar ou onde colocar as mãos. Achou graça do pensamento. Nem na adolescência se sentira assim.

Foi Melina quem rompeu o silêncio.

— Nunca, nem em meu mais insano pensamento ou sonho tresloucado, imaginei uma cena como esta. Estou indo para, sabe-se lá onde, com alguém que acabei de conhecer. Algo totalmente inédito em minha vida.

— O lugar para onde estamos indo é um hotel no centro da cidade. É verdade que acabamos de nos conhecer, mas é como se eu a conhecesse há muito tempo. É inusitado? Sim. Mas não totalmente improvável. Grandes amores começam de forma pouco convencional.

— Grandes amores? Um encontro apenas. Amanhã vamos nos despedir e cada um seguirá sua vida. Não haverá grandes nem pequenos amores. É apenas uma noite, se for.

— Para mim não. Por mim seria muito mais, uma vida juntos. Só depende de você.

— Uma vida juntos?! Você é romântico demais, meu caro. Pode se ferir assim. Nem todas as pessoas entendem homens como você.

O carro corria pela estrada vazia àquela hora. Muitos convidados aguardariam para se retirarem mais tarde. Haviam saído na parte mais animada da festa, quando as pessoas lotavam as pistas de dança.

Henrique, de vez em quando, olhava para Melina, que estava tranquila, como se aquela situação fosse algo bem natural.

— Posso fazer uma pergunta indiscreta?

— Pode, mas posso não responder.

— Seu marido foi seu primeiro namorado? Ou teve outras experiências?

— Faz alguma diferença?

— Foi ou não? Se foi o primeiro e único, pode ser que você não saiba diferenciar sexo de amor por não ter tido como comparar. Mas, caso contrário, poderá perceber que há uma diferença bem nítida.

— Podemos mudar de assunto?

— Assim que me responder.

— Mais tarde pode ser que eu responda, agora não.

— Sempre mudando de assunto, saindo pela tangente, não é?

— Ainda bem que encontro uma saída. Você faz perguntas muito pessoais e diretas, e não gosto de falar sobre mim. Já sabe meu nome, é suficiente.

Henrique ficou silêncio, mas não desistiu da resposta.

Entraram na cidade. Era um lugar pequeno e agradável. As casas, em sua maioria, ficavam na beira da rua, ostentando um pequeno e florido jardim na frente.

As ruas estreitas e sinuosas eram iluminadas por postes baixos e luzes fracas. Aqui e ali viam-se pessoas na calçada con-

MATURIDADE: RECOMEÇO

versando, alguns homens jogando cartas sentados em pequenos bancos.

O céu estava iluminado, mais pela bela e majestosa lua cheia do que pelas lâmpadas propriamente ditas. Era uma noite calma e quente daquele início de novembro. Toda a cidade respirava tranquilidade e paciência. Era desses lugares onde a vida passa devagar. Ninguém tem pressa. Era, em tudo, encantador e agradável.

Melina pensou que deveria ser reconfortante morar em um lugar assim. Viver lentamente e sem pressa.

A cidade onde morava, embora pequena, tinha perdido um pouco o jeito de interior. As pessoas já não mais saíam para conversar nas calçadas. As noites eram da juventude que se acotovelava nos bares e lanchonetes que circundavam a pequena praça. Havia alarido e, vez por outra, cantorias.

Nas noites em que havia baile no clube local, era possível ver o desfile de modelos de vestidos variados. Cada uma queria ostentar mais para mostrar o poderio da família de onde vinha. Nesses dias, os jovens não frequentadores dos clubes ficavam andando pela praça ou enfiavam-se nos bares. Ali se divertiam.

De vez em quando, ela olhava para Henrique, que estava atento às pessoas que atravessavam a rua sem olhar. Ele percebia o olhar dela, mas fingia que não estava vendo. Qualquer coisa que lhe perguntasse naquele momento, com certeza não teria resposta. Ela sempre encontrava uma saída para não responder quando se tratava de sua vida ou do modo como encarava os fatos. Gostava de se mostrar distante. Henrique, porém, queria saber mais sobre ela, seus projetos, seus sonhos, seu jeito de ver a vida, mas ela se recusava a dar quaisquer pistas.

Era a pessoa mais reticente que ele conhecera.

Melina preferia o silêncio ou evasivas. Evitava falar de si ou de sua vida, dizendo que era desinteressante. Mas Henrique não desistia, queria saber mais daquela mulher tão diferente que estava indo com ele para um hotel, para uma noite que poderia ser inesquecível. Pensava na possibilidade de terem realmente uma noite de amor ou que ela pedisse que a levasse para seu hotel e tudo terminasse antes mesmo de começar, o que seria uma grande pena.

Ele não sabia o que estava acontecendo. Tanto tempo sem se interessar por alguém, e eis que surge aquela mulher e desperta algo que ele acreditava não mais ser possível. Estava apaixonado por alguém que acabara de conhecer e, se dependesse apenas dele, aquele encontro seria o primeiro de muitos. Queria viver aquele sentimento, mas não dependia apenas dele. Da parte de Melina, não havia nada, e talvez não houvesse nunca. Ela continuava distante, como se assistisse a um filme.

Não se inseria na história e não queria fazer parte dela.

Melina não dizia para Henrique a causa de não acreditar em novos amores, muito menos à primeira vista.

Sua vida não era o exemplo de romantismos, ela não se encaixava no modelo que existia na mente de Henrique, o de uma mulher em busca do amor de sua vida. Ela poderia até desejar, mas não achava que pudesse acontecer com ela. Estava bastante descrente de tudo, fechada em seu mundo e rodeada de grandes problemas que não deixavam espaço para sonhos e idílios amorosos.

Talvez desejasse ardentemente encontrar algo que pusesse fim às suas incertezas e desilusões, mas não se via como a mulher que conseguiria despertar amor ou paixão em alguém. Ainda mais alguém como Henrique. Não se sentia bonita nem atraente. Ignorava a imagem que o espelho lhe mostrava.

Henrique estava enganado em seus sentimentos. De qualquer modo, ele estava arriscando. Torcia pelo melhor, mas não arriscava o desenlace. Sabia que nada dependia de sua vontade, mas de Melina. Fizeram o restante do percurso em silêncio.

Chegaram ao hotel.

Capítulo II

UMA NOITE...

... Apenas?

O hotel era grande e muito bonito. A recepção era alegre e iluminada. Havia flores e arranjos bem distribuídos pelo salão. Os sofás e as poltronas estavam colocados de forma simétrica. Tudo respirava luxo e sofisticação, bem diferente do hotel em que Melina ficaria, bastante modesto se comparado àquele lugar.

Havia, no centro da recepção, um balcão de forma oval onde vários atendentes uniformizados apresentavam um sorriso constante e bem ensaiado. Henrique dirigiu-se ao balcão, pois precisava registrar a acompanhante, e voltou com um sorriso.

— Você acabou de se transformar em minha esposa, senhora Melina de Alcântara. Ficou bonito! Que tal pensar no assunto?

— Belo sobrenome, mas prefiro não pensar em nada agora.

Entraram no elevador para irem ao quinto andar. Henrique abriu a porta do quarto e deu passagem à Melina. Era um quarto enorme, com uma magnífica cama, mesa para pequenas refeições, poltronas e o banheiro. Tudo muito claro e iluminado.

— Você disse que gostaria de um banho. Vou verificar se tudo está a contento. Se faltar alguma coisa, peço para providenciar.

Estava tudo certo.

Ela entrou no banheiro levando sua bolsa. Saiu, algum tempo depois, vestida com uma blusa leve de estampa florida e uma bermuda preta.

Henrique entrou em seguida e saiu também de bermuda e camiseta polo azul petróleo. Ficava bem a cor nele. Ele ficou olhando para Melina, que tirava o restante da maquiagem.

— Não somos apenas nós, homens, que temos os contratempos de manhã para fazer a barba. Vocês têm um ritual noturno e matinal.

— Mas não precisamos fazer todos os dias, se não quisermos. Geralmente não uso maquiagem, a correria diária não me permite.

Ela terminou e foi sentar-se na cama. Encostou-se nos travesseiros e olhou para ele. Estava curiosa com o desenrolar da situação. Ainda não acreditava que estava com Henrique naquele hotel. Aquela atitude não lembrava em nada a pessoa que sempre foi, discreta, calada, ausente mesmo.

— Gostaria de beber alguma coisa?

— Vamos continuar com uísque, se possível.

Henrique foi ao frigobar e preparou duas doses. Entregou-lhe um dos copos e sentou-se ao seu lado. Ficou olhando para ela a fim de ver se repetia o gesto. Ela bebia descontraída. Havia colocado uma das pernas dobrada sobre a cama e a outra solta com o pé apoiado no chão. Ele a olhava curioso e ela não dava sinais de perceber.

Em dado momento, com o indicador da mão esquerda, mexeu o cubo de gelo do copo e levou o dedo à boca.

— Desculpe. Esqueci que não posso fazer isso.

— Agora pode. Quero experimentar também.

Melina molhou o dedo na bebida e o colocou em sua boca. Henrique segurou sua mão. Beijou seus dedos, a palma e o dorso olhando para ela. Em seguida, tirou o copo de sua mão e o colocou ao lado do seu sobre a mesinha de cabeceira. Levou a outra mão até o rosto de Melina. Ela disse que sua mão estava gelada, ele retrucou que não tinha nenhuma importância. O gesto é que importava.

Melina acariciou seu rosto com ambas as mãos. Gesto que foi repetido por ele no rosto dela. Em seguida, ele se inclinou lentamente e a beijou. Foi um beijo suave, apenas um roçar de lábios. Ela não se esquivou. Voltou a beijá-la, agora com mais intensidade. A resposta foi imediata. Suas mãos alcançaram as costas dele e provocaram um leve tremor em seu corpo. Suas mãos deslizaram suavemente. Henrique a abraçara. O beijo se prolongava. Não era apenas um roçar de lábios, mas um beijo intenso e apaixonado. Henrique havia passado o dia todo pensando em como seria beijar aquela boca bonita e sensual e agora acontecia, e ele se perdia num turbilhão de pensamentos e sentimentos dos quais não imaginara a existência.

Melina estava em seus braços, e ele tinha a certeza de que era o lugar certo para ela ficar. Por ele, ela jamais se afastaria, mas ela era um mistério. Ele achou que ela não corresponderia ao beijo, muito menos que o abraçaria e o acariciaria daquele jeito. Dera-lhe uma esperança de que tudo seria diferente.

— Morena, você é tudo que sonhei.

Não sabia o que fazer. Temia que colocasse tudo a perder. Continuou o abraço, agora menos apertado e voltou a olhá-la. Ela sorriu. Ele não sabia se para ele ou para si mesma. Lentamente foi inclinando seu corpo sobre a cama e voltou a beijá-la. Abraçou-a com mais força, colocando seu braço sob sua cabeça. Sua mão passou a acariciá-la. Sentiu seu corpo estremecer de leve. Não, ela não estava alheia ao que estava acontecendo.

Talvez também desejasse o mesmo que ele.

Uma noite apenas?

Precisava ter certeza. Olhou bem em seus olhos e lhe perguntou:

— Posso continuar? Se não quiser, paramos por aqui. Você sabe que eu a quero muito, mas preciso saber se me quer também.

— Pode continuar — ela disse.

— Você me quer?

— É mesmo importante para você que eu o queira?

— Sim, muito importante.

— Sim, eu o quero.

Ele sorriu e continuou a beijá-la. As carícias se intensificaram, e ele ouviu seu nome apenas sussurrado. Não ousou imaginar que pudesse ouvir. Sabia que era apenas a resposta às carícias, mas tudo bem. Não se pode ter tudo mesmo. Era melhor que nada.

Quem sabe poderia ser diferente! Um dia.

Henrique se levantou e colocou-a na cama, deitando-se a seu lado. Os beijos se tornaram ainda mais intensos, assim como as carícias. Ele tirou a camisa. Começou lentamente a despi-la. Ela o olhava sem sorrir. Isso o deixava sem saber das reais intenções dela, mas pensava que era isso que ela queria: saber se ele iria até o final. Testava sua teoria de fazê-la entender a diferença entre sexo casual e fazer amor. Novamente a beijou na boca, nos olhos, foi descendo devagar. Tirou a bermuda...

Ela continuava olhando para ele. Despiu-se também. As carícias se tornaram mais apaixonadas e intensas. Henrique a desejava e demonstrava o quanto. Queria que ela percebesse ao menos um pouco do que ele sentia.

Foi nesse momento que ouviu um verso sendo apenas sussurrado.

Nunca, em toda sua vida, uma mulher declamou verso ao fazer amor.

Melina era realmente diferente. Sua atitude mudou e passou a corresponder sofregamente às carícias. Seu corpo se entregava a ele que a recebia com paixão. Em meio a sussurros e carícias, eles se amaram da forma mais completa. Estavam ofegantes quando se separaram. Deitaram-se lado a lado.

Sem falar. Não havia necessidade.

O silêncio falava por eles.

Como Henrique queria que aquele momento fosse eterno, que a noite não passasse, que o dia não amanhecesse, que o mundo parasse de girar, que a vida de repente estagnasse e os deixasse assim perdidos e sozinhos, apenas desfrutando do sabor daquele momento. Do delicioso cansaço de corpos satisfeitos e bocas e beijos sedentos de desejos.

MATURIDADE: RECOMEÇO

Era a vida, em toda sua plenitude, pulsando no encontro das paixões saciadas. Era o próprio existir. Não havia necessidade de nada mais além deles mesmos, seus corpos, suas bocas, suas mãos, suas carícias e o encontro na noite silenciosa e cheia de mistérios e desejos.

Algum tempo depois, Henrique rompeu o silêncio:

— E então?

— Então, o que?

— Você gostou?

— Claro. Você é um ótimo amante.

— Gostaria que dissesse outra coisa. Sei lá, que nunca se sentiu tão desejada, que sabe que fiz amor com você, que não vai me esquecer, nem esquecer esta noite, que temos chance de ficar juntos, que poderá vir a me amar um dia, que não é apenas um encontro que se perderá com o passar do tempo e que será esquecido entre os dias que virão.

— Você ficou triste? É uma noite apenas, não haverá um dia...

— Não, só queria ouvir outras palavras. Algo que me desse esperança de nos vermos novamente e continuarmos o que começou nesta noite.

— Desculpe-me, não sou indiferente. Só procuro me preservar.

— De que? Acha que não percebi que sentiu tanto prazer quanto eu?

— Não disse que não senti prazer, mas não significa muito. É só sexo.

— Por que se preserva, então? Sabe que estou apaixonado por você. Embora não acredite, é a mais pura verdade. Não sou mais criança, sei o que sinto. Por que precisa se esconder atrás de uma máscara, se está, assim como eu, despida de tudo o que pode nos prender à vida que não queremos viver? Uma vida longe de você equivale a nada. Por que não acredita em mim? Eu estou lhe oferecendo meu amor e você recusa.

Ele se levantou, encostou-se aos travesseiros e puxou-a para junto de si, apoiando-a em seu peito. Pegou o copo de uísque que estava sobre a mesinha e começou a bebericar.

— Gosto de sua barriga.

Henrique quase se engasgou com a bebida. Não esperava um comentário tão inusitado. Virou-se e a olhou com ar de incredulidade.

— O que disse?

— Não posso gostar de sua barriga?

— Pode, claro, mas o que ela tem de especial?

— Nada, mas eu gosto.

— Não gosta de mim, mas gosta de minha barriga. Pode ser um começo, não? Coisas impensadas podem acontecer. Você pode se apaixonar por minha barriga e, depois, pelo restante. Já imaginou? Posso ter esperança?

Melina não respondeu, apenas sorriu.

Ele entregou o copo para ela, que começou a beber. Ficaram assim por um longo tempo.

Melina não se mostrava, nem demonstrava seus sentimentos. Não amava o marido e não queria se apaixonar por ninguém, muito menos por Henrique, mesmo ele repetindo que estava apaixonado por ela. Não queria se envolver com nenhuma pessoa. Preferia sua vida sem sentido a se deixar levar por arroubos de momento. Não aceitaria nada de Henrique, nem mesmo o amor que ele jurava sentir. Era impossível, em sua opinião. Totalmente impossível. Amores de final de semana não têm possibilidade nenhuma de continuação.

— Estou com fome, vou pedir algo para nós. Tem preferência? — disse Henrique.

— Não, o que você quiser.

— Muito bem. Vamos ver o que há.

Havia no quarto um cardápio para os hóspedes. O hotel dispunha de refeições leves. Henrique fez o pedido.

MATURIDADE: RECOMEÇO

— Quando vierem com o pedido, vou para o banheiro. Não quero ser vista. Pode pegar sua camisa para mim, por favor? Não sei onde está minha roupa.

— Não precisa se vestir. Pode ficar à vontade perto de mim.

— Por favor! Sinto-me melhor assim.

— Tudo bem, mas acho desnecessário.

Ele pegou a camisa e entregou a ela. Quando bateram à porta, ela se vestiu e foi para o banheiro. Henrique colocou um robe e foi atender. Sentaram-se à mesa para comer e, em seguida, voltaram para a cama. Ela continuava com a camisa dele.

— Tire a camisa, quero sentir sua pele.

— Mas está gostoso, seu perfume é delicioso.

— Mas eu não quero sentir meu cheiro, quero sentir o seu.

Ela tirou a camisa e encostou-se nele que a envolveu com os braços. Ficaram abraçados falando de coisas banais. Ele perguntou sobre o verso que ela falara, e ela disse que era de uma música, mas não se lembrava do restante. Guardara apenas algumas frases soltas.

— Sempre declama versos quando faz amor, Morena?

— Está brincando? Nunca faço amor, meu querido romântico.

— Sexo então? Ao menos sexo você faz.

— Também não faço sexo.

Arrependeu-se do que havia dito, mas era tarde demais. Nunca falava de sua intimidade com ninguém, muito menos com alguém que acabara de conhecer. Precisava pensar melhor em suas palavras. Henrique, com certeza, aproveitaria de sua fala para tentar convencê-la a ficar com ele. Sabia que ele estava sempre atento para mostrar que poderiam construir uma vida juntos. Foi apenas um lapso, entretanto seria utilizado por Henrique para fazê-la mudar de postura em relação a eles. Ele não deixaria uma informação dessas passar sem pedir alguma explicação.

— Não entendi. Você é casada e não faz amor nem sexo?

— Vamos mudar de assunto, por favor?

— Não, vamos continuar falando sobre isso. Há quanto tempo? Por quê? Como é sua vida conjugal?

— Não vou falar sobre isso. É um assunto que não lhe compete, faz parte de uma vida da qual prefiro não falar. Não insista, por favor.

— Entendi. Por que não quer ficar comigo se não existe mais casamento? Pelo visto é só fachada. Estou enganado? Você pode se divorciar e ficarmos juntos do jeito que quiser. Casados ou não, você decide como será. Não precisa responder agora, apenas me dê uma esperança. Você sabe que podemos construir uma vida juntos.

— Não vou me divorciar nem ficar com você. Esqueça o que ouviu. Se insistir, vou embora. Não quero falar sobre mim. Sabe que não gosto de falar sobre minha vida. Esse assunto está encerrado, não insista.

— Tudo bem, não vou insistir, mas não entendo. Por que recusa meu amor se não está realmente casada? O que a impede de me aceitar?

— Não precisa entender. Vamos ficar juntos esta noite e amanhã voltamos para nossas cidades e para nossas vidas.

Henrique concordou, mas tinha esperança. Se o casamento de Melina não existia de verdade, ele poderia ter uma chance, embora ela insistisse que seria apenas aquela noite. Ele tornou-se ainda mais terno e carinhoso, queria ser diferente do marido, mesmo não sabendo como ele era. Acertar onde ele errou. Talvez não tivesse dado o amor que ela merecia. Ele daria e, com certeza, ela veria que havia diferença entre eles. Já via o marido como um rival que teria de tirar do caminho de Melina. Decidiu falar sobre assuntos mais amenos, mas não se esqueceria do que Melina falara.

Já era tarde quando ela decidiu encerrar o assunto.

— Acho que vou dormir. Estou com sono — falou.

— Já? Ainda é cedo. Bom, na verdade, não — respondeu Henrique.

— São quase duas da manhã e eu me levantei cedo para vir.

MATURIDADE: RECOMEÇO

— Está bem, mas vamos dormir abraçados, a noite ainda não terminou.

Henrique a abraçou e beijou suas costas. Sentiu o leve tremor. Começou a acariciar seu corpo. Ela correspondeu, e em poucos minutos estavam nos braços um do outro, novamente se entregando ao desejo e à paixão. Henrique queria mesmo ficar com ela, mas havia um empecilho: ela não deixaria seu marido, e ele não sabia a razão. Mas, se conseguisse encontrá-la outras vezes, teria uma oportunidade de fazer com que ela se interessasse mais por ele. Mas para Melina era apenas uma noite, uma experiência de festa e mais nada.

Henrique não sabia o que estava acontecendo consigo, nunca fora de se interessar assim por alguém, porém Melina era uma mulher muito especial, diferente de todas que conhecera e que praticamente se jogaram em seus braços. Ela mantinha distância de qualquer possibilidade de romance ou qualquer outro envolvimento. Realmente não o queria. Nem a ele nem a ninguém.

Estavam ainda mais cansados do que antes e adormeceram abraçados.

O dia encontrou-os da mesma forma. Melina acordou e ficou quieta. Não sabia se Henrique já estava acordado. Ficou algum tempo até que percebeu que ele havia despertado.

— Bom dia, Morena! Dormiu bem?

— Bom dia! Muitíssimo bem. Obrigada.

— Será que foi a companhia?

— Convencido... Foi o cansaço.

— Falta de treino. Desculpe-me. Fui muito rude, não deveria falar assim.

— Não posso discordar. Tudo bem!

Ela se levantou e foi para o banho. Henrique ficou remoendo a frase que dissera e se arrependera. Precisava ser mais atencioso, pensar antes de falar. Ele se arrependeu da brincadeira. Jamais poderia ter falado daquela forma. Foi uma grosseria e não havia como consertar. Esperava que ela não levasse a sério. Sentia raiva

37

de si mesmo naquele momento. Poderia estragar tudo. A noite havia sido perfeita. Ela se sentiu querida e desejada, sentiu prazer em seus braços e poderia querer outras vezes. No entanto talvez ele tivesse estragado tudo. Tudo o que Melina não precisava era de falas dessa natureza. Queria ser diferente do marido, mas talvez tivesse sido exatamente igual a ele.

Melina saiu do banheiro de robe e sorriu. Não aparentava raiva nem decepção. Talvez não tivesse dado importância às palavras.

Henrique foi tomar banho. Quando saiu, ela estava se maquiando e disse que não poderiam se demorar. Já passava das onze horas e dissera à filha que voltaria ao meio-dia. Ele continuou parado olhando para ela que aparentava não perceber. Então aproximou-se e a abraçou. Beijou seus cabelos e sussurrou em seu ouvido que a queria.

Ela riu e disse que sabia que iriam se atrasar.

Virou-se para ele e o abraçou.

Ele a levou para a cama e novamente se entregaram à paixão.

— Você ficou chateada comigo? Se ficou, tem toda razão. Fui grosseiro sem nenhuma necessidade. Por favor, esqueça o que eu disse. Não costumo ser mal-educado com ninguém. Não deveria ter falado o que falei, nem sei por que fiz o comentário. Estou arrasado.

— Não fiquei chateada, foi apenas uma constatação sua. E você acertou, mas prefiro não falar sobre isso. Não vamos estragar tudo com situações que não podem nem vão ser mudadas. Vamos voltar para a festa, que deve estar bem animada. Não vamos estragar o final de algo que foi tão bom.

— Para mim representou muito. Algo que ficará sempre em meu pensamento. Você é inesquecível. Significou o que para você?

— Significou o que você havia falado, me senti desejada, querida. Há tempos não me sentia assim. Se é que me senti assim alguma vez. Jamais esquecerei esta noite. Vou me recordar de você com muito carinho. Se houvesse alguém com quem eu gostaria de ficar, este alguém é você, mas nosso caso encerra-se aqui. Não

MATURIDADE: RECOMEÇO

há, nem haverá um depois para nós. Guardaremos a lembrança dos momentos que passamos juntos. Apenas isso. Quando nos despedirmos, será para sempre. Nossos caminhos não mais se cruzarão. Você volta para sua vida e eu para a minha.

— Não precisamos terminar aqui e agora. Nada nos impede de viver este romance. Pode durar o tempo que quiser. Não pense que não sei do que estou falando. Na verdade, eu não acreditava em amor à primeira vista, mas você apareceu e mudei de opinião. Tenho certeza de que podemos ser felizes.

— Não. Não haverá amanhã para nós. Por favor, entenda.

— Entenderia se me explicasse. Gostaria de saber por que não há chance de ficarmos juntos. Eu a faria feliz. Por que acabar?

— Porque uma magia tem tempo certo para terminar. O relógio da vida já bateu as doze badaladas do fim de nosso encontro.

Levantaram-se para outro banho. Henrique continuava sem entender, queria que ficassem juntos, mas algo a impedia.

Melina precisava passar no hotel onde deveria ter ficado e encerrar a estadia. Foi o que fez. Depois foram novamente para a festa. Já devia haver bastantes pessoas no local.

No caminho, Henrique voltou ao assunto de ficarem juntos. Melina não levou muito a sério. Sabia que era impossível. O fim de semana terminara e, com ele, a magia. Cada um voltaria para sua realidade. Nada de encontros posteriores, nada de continuação de romance. Guardariam as lembranças de uma noite que, com certeza, não mais se repetiria.

Era apenas um sonho bom que terminava, embora deixasse nos dois o desejo de novos encontros, de outras noites de extrema paixão. Jamais voltariam a se ver, por isso Melina aceitara aquela noite de ardor intenso.

Viveria da lembrança e nada mais.

Pararam em uma parte da estrada para se despedirem, pois Henrique sabia que, no local da festa, não haveria possibilidade. Tomou-a nos braços e a beijou longamente. Reafirmou seu amor por ela, mesmo sabendo que ela não acreditava. Desejava eternizar aquele momento colado em sua boca.

Voltaram para a estrada e dirigiram-se para a festa.

Chegaram ao salão e a festa estava bastante animada. Por sorte, a mesa que ocuparam no dia anterior estava livre e dirigiram-se para lá. Foram servidos e começaram a comer. Não haviam tomado café da manhã no hotel, preferiram ir direto, pois já estavam atrasados.

Henrique parecia um pouco triste. Ela perguntou a causa da tristeza.

— Estou arrependido — respondeu ele.

— De que? Da noite?

— De ter dito que seria apenas uma noite. Não sei o que é pior: uma noite com você e levar a saudade comigo sempre, sentir sua ausência todos os dias sabendo que está com outro ou não ter acontecido nada e não saber como teria sido. Eu realmente fiz amor, e você fez sexo comigo. O que sentiu foi apenas resposta de seu corpo. Eu me entreguei como nunca aconteceu antes, não vou me esquecer. Foi intenso, completo, maravilhoso. Foi amor em cada gesto, em cada carícia. Você apenas aceitou, não se envolveu, não se entregou. Seu corpo estava ali, vibrante em minhas mãos, entretanto sua essência estava tão longe que não consegui alcançar. Aceitei porque sabia que não teria mais nada de você. Digo que a amo, mas você não acredita. Gostaria que me desse alguma esperança. Eu esperaria seu chamado. Não iria interferir em sua vida nem fazer cobranças. Seria uma forma de não ser esquecido, de ficar perto, quem sabe, de me tornar importante para você. Você pode me dar essa esperança, se quiser.

— Não há possibilidade de ficarmos juntos, sabe disso. Não posso e não vou me separar de meu marido. Esta é a verdade. Pode não ser o que esperava ouvir, mas é assim que é.

— Podemos estar juntos sem necessidade de separação.

— Não vou ser sua amante. Esqueça!

Ele riu com tristeza.

— Na verdade, eu seria seu amante. Eu seria o outro. Quem teria de se contentar com uns poucos momentos ao seu lado. Seria

MATURIDADE: RECOMEÇO

melhor do que não a ver mais. Vivemos esta noite e podemos fazê-la durar muito tempo. Toda vida se depender de mim. Não me importo com o papel de amante, ainda mais porque percebi que não há nada entre você e seu marido. Sei que não vai sair de meus braços e ir para os braços dele. Poderemos viver um sentimento único até quando você quiser. Caso mude de ideia, transformamos um romance em algo mais concreto entre nós. Algo que dure por muito tempo.

— Vamos voltar para as nossas vidas e ver o que acontece. Talvez nem nos lembremos mais de que nos conhecemos. Só a rotina vai dizer se foi mais do que uma noite. O tempo sempre se encarrega de colocar tudo em seu respectivo lugar. Pode ser que estivéssemos os dois querendo algo diferente e tivemos. Não quer dizer que amanhã pensaremos da mesma forma. Você volta para sua vida de antes e eu também, depois veremos o que acontece.

— Vou mandar mensagens para você, por favor, responda. Não quero que me esqueça. Acredite que a amo.

— Minha vida é bastante corrida. Quase não tenho tempo para nada, mas vou tentar. Não prometo que responderei.

— Um "oi, tudo bem?" já basta. Só quero saber que se lembra de mim, de nós, dessa noite, do quanto foi importante tê-la conhecido e maravilhoso ficar com você e desfrutar de momentos tão inesquecíveis ao seu lado.

A tarde passou, e chegou o momento de se despedirem. Henrique não sabia se Melina voltaria a falar com ele nem se, em algum momento, se encontrariam novamente.

Para ele restava a esperança de ter conseguido, naquela noite, fazer com que Melina se lembrasse dele, mesmo que fosse apenas em um momento. Restava a esperança de que lhe escrevesse, mandasse notícias e, em algum instante de distração, um segundo de grande nostalgia, dissesse que estava com saudades e que queria vê-lo. Ele iria imediatamente ao seu encontro e a tomaria em seus braços. Não a esqueceria, continuariam de onde tinham parado como se não tivessem se separado, como se os dias que os deixaram distantes não existissem. Seria como a primeira vez.

Ele faria tudo para que ela guardasse boas recordações e quisesse vê-lo outras vezes.

Quem sabe se, pelas mensagens que trocariam, conseguiria fazê-la acreditar nele e em seu amor. Ela não dizia nada que pudesse demonstrar que se veriam em outras ocasiões.

Ele a acompanhou até onde estavam os carros. Dirigiu-se à Lúcia:

— Vou tirar meu carro primeiro. Fica mais fácil para você sair.

Tirou o carro e saiu para se despedir. Disse que iria à frente delas até onde fosse possível, caso precisassem de alguma coisa.

Despediu-se de Lúcia e depois de Melina.

Ao beijá-la na face, falou em seu ouvido:

— Eu a amo. Por favor, não me esqueça.

— Foi um prazer conhecê-lo também. Até mais.

Assim voltaram para suas respectivas vidas.

Cada um com seus segredos.

Com seus problemas e incertezas. Com suas ilusões e buscas.

Com seus desejos e sonhos.

— Gostou da festa, mãe? — perguntou Lúcia.

— Estava muito boa, filha. Um pouco cansativa para mim, não sou tão jovem quanto você, mas aproveitei bastante.

— E Henrique?

— O que tem ele?

— Nada. Ficaram juntos o tempo todo. Se meus irmãos estivessem aqui, ficariam bravos. Sabe que eles têm mania de querer cuidar de sua vida. Como se fosse a filha e eles os pais. Sempre tão sem noção os dois.

— São uns bobos. Gostam de ter controle de tudo como se fossem certos e nós duas sempre erradas. Henrique estava preocupado com possíveis pretendentes, e eu não represento nenhum perigo. Conversamos muito, ele é bastante simpático e só. É aquele tipo de pessoa que se encontra e nunca mais se vê.

Cada qual segue sua vida. Não há nenhum interesse, de minha parte ao menos.

— E da parte dele? Vi como olhava para você. Parecia triste em ter de partir.

— Foi impressão sua. Fins de festa costumam deixar as pessoas meio melancólicas mesmo.

— Será que foi impressão minha? Ele olhava o tempo todo para você. Pode me dizer, sabe que estou ao seu lado e estarei sempre.

— Não houve nada. Você está romantizando uma situação. O que poderia ter acontecido? Aceitei uma carona e nada mais.

— Sei lá. O início de um romance, quem sabe...

— Ficou louca? Já pensou se alguém ouve você falando assim?

— Quem vai nos ouvir? Estamos sozinhas neste carro. Olha, ele continua em nossa frente. Quer vê-la até o último momento.

— Para ter certeza de que estamos bem. Daqui a pouco os caminhos se separam e pronto. Era uma vez uma festa de casamento...

Melina olhava o carro à sua frente. Não sabia que caminho Henrique teria de tomar para ir embora, até que, em certa altura, ele buzinou e partiu. Acabava ali um sonho de final de semana.

Melina e Lúcia continuaram seu caminho. Estavam um pouco longe da cidade onde moravam. Continuaram falando sobre a festa e, vez por outra, Lúcia falava de Henrique, mas Melina desconversava.

— Então, ele a levou para o hotel e pronto.

— Sim. Deveria ser de outra forma?

— Não sei. Diga-me você. Poderia ser de outra forma?

— Não.

— Você já pensou em se separar de papai?

— Por que eu faria isso? E por que isso agora?

— Você é uma mulher bonita; não se cuida, mas é bonita. Tem muito tempo pela frente. Pode arrumar alguém que lhe dê valor.

— Você está enganada, o tempo já passou para mim.

— E se Henrique for procurá-la? O que vai fazer? Fingir que não o conhece? Ignorá-lo?

— Isso não vai acontecer nunca.

— E se acontecer? Vi como ele a olhou quando se despediram. Vai ficar assim como está ou vai dar uma chance a si mesma?

— Despedimos, você disse tudo. Conheci uma pessoa interessante em uma festa, conversamos longo tempo, falamos de coisas banais, nos divertimos e é tudo. Nunca mais nos encontraremos. Fazemos parte de mundos diferentes que não se cruzam. Sem chance nenhuma.

— Não sei se concordo com isso. Pareceu-me mais do que apenas conversa. Ele estava interessado em você sim, não adianta negar. Se eu fosse você, daria uma chance. Pense bem, é um modo de mudar sua vida.

— Mas foi apenas conversa, não houve nada mais.

— Tudo bem que tenha sido apenas conversa, mas ele pode estar esperando vê-la novamente e continuar de onde pararam.

— Continuar o que? Não sei o que está pensando. Francamente...

— Mãe, não sou mais criança. Sei perfeitamente quando um homem está interessado em uma mulher. E Henrique está interessado em você.

— Você está enganada. Já disse que são vidas que não se cruzam. São mundos diferentes.

— E daí? Os opostos se atraem sempre. Está mais do que provado.

— Não nesse caso. Estou voltando para minha rotina e isso é tudo.

— E se ele for procurá-la?

— Por que ele faria isso?

— Porque está interessado em você e, se não aconteceu nada, pode vir a acontecer. Se ele for, pense bem se vale a pena continuar vivendo por nada.

MATURIDADE: RECOMEÇO

Melina ficou em silêncio. Sem saber, Lúcia estava certa. Mas não aconteceria. Henrique nunca iria procurá-la. Pedira seu telefone por gentileza, mas não ligaria nem mandaria mensagens. A festa havia acabado, e cada um estava voltando para seu mundo, para sua realidade. Ficaria a saudade. Ela teria uma lembrança boa para suas noites vazias e solitárias. Só isso. Algo para preencher seus dias e para ser recordado no escuro silencioso de seu quarto.

Escuridão e silêncio apenas.

De repente se sentiu cansada. Cansada de sua existência. Cansada do mundo em que vivia. Cansada de dar murros em ponta de faca, sem conseguir mudar uma situação que já se arrastava por tanto tempo e que deixava cicatrizes indeléveis em seu coração. Não havia como mudar sua vida, e o cansaço era enorme. Sua existência pesava como chumbo em suas costas. Deixava marcas que não sairiam com o tempo. Estariam continuamente ali para lembrá-la do fardo que deveria carregar sempre.

Para sempre, sem descanso.

Teve uma imensa vontade de chorar.

Por si, por Henrique, pela noite que não mais se repetiria.

Chorar por não ter uma chance de começar de novo e fazer tudo de modo diferente.

Chorar pelo dia em que conheceu Cícero e que iniciou seu infortúnio.

Chorar por seus filhos tão inquisidores que só sabiam cobrar sem dar nada em troca.

Chorar por todas as mulheres que estavam na mesma situação em que ela se encontrava e que tinham suas existências anuladas pelo dia a dia e por situações sem resolução.

Chorar pelo mundo que aponta o dedo, que acusa sempre, mesmo quando a culpa não cabe às mulheres.

Chorar por tudo e por todos.

Chorar principalmente por sua covardia diante das mazelas de sua vida.

Chorar por seu medo de se mostrar, de ser sempre a mulher que fora naquela noite.

Feliz e realizada.

Por uma noite apenas.

Nada mais.

Capítulo III

BEM-VINDA AO MUNDO REAL, QUERIDA!

Vida que segue

Quando se aproximavam da entrada da estrada que levaria à cidade onde Melina morava, o carro de Henrique seguiu adiante. A vida voltava ao rumo normal. Cada um na própria realidade. Cada um com sua vida, seus problemas, suas lutas, suas incertezas.

Sua solidão.

Na manhã seguinte, Melina acordou bem cedo. Tinha muito o que fazer antes do trabalho. Precisava deixar o almoço adiantado, as roupas na máquina de lavar, a casa limpa. Essa era sua realidade. Seus filhos tinham saído de madrugada, e ela estava novamente sozinha com o marido, sua vida sem sentido e sua eterna e cansativa rotina. Era bom que fosse assim. Evitava que ela pensasse e precisava esquecer e continuar sua luta diária.

Ao final da tarde, voltou do trabalho e foi verificar as mensagens. Havia muitas. De Henrique. Ela decidiu que não leria, não queria ilusões, muito menos expectativas. Tinha acabado. Fora um lindo e romântico fim de semana, mas não se repetiria. Não adiantava ter ilusões sobre aquela noite. Tudo o que poderia acontecer depois era impossível dentro de sua realidade. Melina precisava se conscientizar sobre qual era sua vida e seu papel, sem fantasias ou ilusões. Tinha que encarar a realidade e seguir em frente até onde conseguisse. Estava casada e casada continuaria. Por toda sua insignificante vida.

Seu marido estava na sala vendo televisão e, como sempre, aguardando o jantar. Que vontade ela tinha de se trancar no quarto e deixá-lo passar fome.

Dormir para esquecer.

Esquecer para viver.

Esquecer para sonhar.

Esquecer para não morrer de desespero.

Esquecer para cair no esquecimento.

Novamente teve vontade de chorar.

Chorar para limpar sua alma e dar alento ao seu coração tão machucado pelos golpes que recebia da vida sem cessar.

"Bem-vinda ao mundo real, querida!" Esse pensamento a acompanhava naqueles dias pós viagem. Mundo real. Vida real. Eis tudo.

Os dias passavam, e o volume de mensagens aumentava. Ela não respondia, acreditando que Henrique acabaria se cansando e desistindo. Contudo, as mensagens não paravam de chegar. Ela continuava sem responder. Para que continuar com algo que não chegaria a lugar algum? Para que protelar decisões que poderiam ser tomadas imediatamente? Henrique fazia parte de uma ilusão de uma noite e lá deveria ficar. Não era real nem deveria ser.

Melina, dia após dia, trabalhava até tarde, fora e em casa. Já exausta, tomava banho e ia para seu quarto. Era seu momento de descanso, longe de qualquer situação que pudesse chateá-la. Ficava lendo ou vendo televisão até dormir.

Dormia um sono sem sonhos, apenas para descansar o corpo que pedia repouso.

Essa era sua rotina. Cansativa e penosa rotina.

Chegou o mês de dezembro.

Um mês após a festa, Melina continuava a ignorar as mensagens que recebia diariamente. Precisava fazer isso para seguir sua vida da forma mais normal possível.

Se é que havia algo de normal em sua vida.

Seu marido continuava com as mesmas atitudes de vitimismo e chantagem de sempre. Ela procurava não pensar muito, mas a rotina estava pesando. Trabalhar fora e em casa a levava ao extremo do cansaço, mas ela preferia a exaustão a conversas que não levavam a lugar nenhum. Seus pensamentos eram apenas seus. Isso lhe pertencia, e ela não dividiria com ninguém. Deixou de pensar tanto naquela noite, não mais pensava em Henrique. Ele realmente ficou no passado. Era o lugar certo.

Não o traria para seu presente, que era de indiferença e esquecimentos.

Num sábado pela manhã, a amiga de Lúcia que se casara naquele fim de semana da festa, disse a Melina que precisava conversar com ela e a convidou para ir a sua casa, disse que era muito importante. Precisava resolver um problema e queria sua ajuda, seus conselhos. Melina achou estranho, mas decidiu ir. Não custava nada atender ao pedido.

Chegando lá, a moça pediu que Melina esperasse um pouco, pois precisava atender um telefonema urgente. Disse que tinha bebidas e salgados na geladeira e que ela poderia ir se servindo.

Melina dirigiu-se à área gourmet e preparou sua bebida. Estava entretida quando ouviu uma voz. Seu coração acelerou.

— Olá, Morena! Tudo bem?

— O que você está fazendo aqui?

— Vim vê-la. Precisamos conversar.

— Não. Não temos nada para conversar. Vou embora.

— Não vá, por favor. Preciso muito falar com você.

— Eu não deveria ter vindo. Amanda não sabe o que houve naquela noite e não quero que saiba. Você está complicando minha vida com sua atitude.

— Sou amigo da família e pedi um favor. Ela concordou e não fez perguntas. Fica tranquila, Amanda é muito discreta.

— Mesmo assim, você não deveria ter vindo.

— Estou aqui porque não consigo falar com você por mensagem.

Henrique estava em pé com as mãos nos bolsos, bem no lugar onde Melina deveria passar para sair. Não havia outro modo de sair dali. Melina tentou passar, mas Henrique a envolveu em um abraço impedindo sua fuga. Ela sentiu seu perfume, o calor de seu corpo, os braços que a envolviam. Já havia esquecido tudo e estava outra vez em uma situação que poderia fugir ao seu controle.

— Por favor, vamos conversar, Morena.

— Você não pode me prender assim!

— Não estou prendendo. Estou abraçando-a para que não se vá. Você está no meu abraço que é onde deve ficar sempre.

Melina concordou em conversar, e Henrique afrouxou o abraço para que ela pudesse se afastar. Ela olhava para ele com raiva, não esperava vê-lo ali.

— Não temos o que conversar, já falamos tudo o que precisávamos. Fui muito clara quando disse que seria um adeus e que não haveria volta. Não lhe dei esperanças de voltarmos a nos ver.

— Você decidiu por si mesma, eu nunca disse que não desejava continuar, pelo contrário, deixei muito claras minhas intenções. Temos muito o que falar ainda, principalmente eu. Por que não respondeu minhas mensagens? Eu pedi que não me ignorasse.

— Achei que não deveria responder, também não tive tempo.

— Não teve tempo? Custava mandar um "oi, tudo bem"? Ou "sobreviveu à separação"? Isso não leva tempo nenhum. Poderia ser uma mensagem de voz que é mais rápida. Não custaria nada. Sabe o que sinto e não foi justa comigo, achou mais fácil fingir que não houve nada entre nós.

— Que é que você entende por ser ou não justa? Não sabe nada sobre mim. Quero e preciso de um pouco de paz, de sossego.

— Sei o bastante para entender que vive um casamento de mentiras, sem amor ou qualquer tipo de afinidade. Não entendo o motivo, mas sei que é assim. Você mesma falou, mas depois se arrependeu.

— Não vou discutir isso com você!

MATURIDADE: RECOMEÇO

— Tudo bem. Vamos para outro lugar, precisamos conversar onde não sejamos interrompidos. Tenho muito para dizer.

— Está bem. Vamos apenas conversar.

Saíram da casa de Amanda pela garagem para não serem vistos. Era uma rua pouco movimentada, mas a cidade era muito pequena e Melina, bastante conhecida.

— Para onde estamos indo, posso saber?

— Vamos a um motel.

— Claro! Como não pensei nisso antes? Lugar mais do que conveniente, não é? Que excelente ideia a sua!

— Sabe de um outro local discreto onde não seremos interrompidos e onde você não seja conhecida? Diga-me e vamos para lá.

Melina sabia que não havia outro lugar e teve de concordar com Henrique. Então dirigiram-se ao motel. Fizeram todo o percurso em silêncio. Ela temia ser reconhecida por alguém na entrada e manteve o rosto voltado para o lado oposto na portaria.

Lá chegando, subiram para o quarto que ficava no segundo andar. Era bonito e agradável, mas Melina ignorou tudo ao seu redor. Teria de ouvir o que Henrique queria dizer, mesmo porque não tinha como voltar a não ser com ele. Ela não gostava de situações que saíam de seu controle.

Henrique parou no meio do quarto e colocou as mãos nos bolsos. Melina se mantinha em silêncio, aguardando. Ele demonstrava não saber como dizer o que fora para falar. Estava diante de Melina, mas as palavras simplesmente não saíam. Preparara tudo, entretanto, olhando para ela à sua frente, não conseguia pensar em nada.

Estava sem voz, sem pensamentos. Apenas olhava para ela em silêncio.

Melina continuava esperando. Ele não parecia saber por onde começar, então a fala saiu meio atropelada e sem jeito.

— Por que não respondeu às minhas mensagens? Sabe quantas enviei? Mais de duzentas, todas sem resposta. Em cada uma reafirmei meu amor por você, mas não quis saber de mim ou falar comigo. Por quê?

— Queria que você desistisse. Queria esquecer tudo o que aconteceu.

— Você sabia que eu não desistiria. Eu disse que estou apaixonado. Você agiu com se não se lembrasse de nossa noite.

— Já disse, queria que desistisse, que esquecesse.

— Eu nunca esqueceria e pedi que não esquecesse também. Você não se lembra do que vivemos? Foi intenso! Nesse tempo todo pensei em você todos os dias. Você estava presente em minhas noites sem dormir e em meus sonhos. Eu a amo, Morena. Por favor, acredite. Dê-me uma chance para provar que falo a verdade.

— Procuro não me lembrar daquela noite, voltei à minha vida. Tenho minhas obrigações, e não há lugar para romance, apenas para o que é real. Sinto muito se você se iludiu. Eu disse que seria apenas uma noite, não o enganei nem quis que tivesse alguma esperança sobre nós. Você sabia que não poderia acontecer mais nada.

— Onde está a mulher maravilhosa que conheci? Aquela que vibrou em meus braços? Que soube mostrar, sem medo, o prazer? Aquela que murmurou meu nome, que declamou versos e correspondeu aos meus carinhos?

— Em algum lugar escondida dentro de mim ou, talvez, tenha ficado naquela cama. Não há lugar para ela no momento na minha vida.

Henrique olhava para Melina sem entender, queria que fosse diferente. Não encontrava saída. Ela simplesmente não daria chance a ele. Por mais que tentasse, jamais conseguiria. Alguma coisa a prendia ao marido. Por que continuar num casamento que não mais existe? Por que se prender a alguém que não a merece? Que grande segredo ela guardava?

— Não posso ficar sem você. Eu não pedi esta situação, mas não posso mudar meu sentimento. Sei que queria ficar longe de mim, mas eu não consigo. Se me disser para ir embora, eu vou,

MATURIDADE: RECOMEÇO

mas não garanto que não voltarei e não tentarei fazê-la mudar de opinião. Preciso de você. Preciso viver este sentimento, por mais que venha a sofrer depois. Não paro de pensar em você, em todos os momentos. Sempre você, sua voz, seu jeito, não encontro outro modo de viver em que não esteja presente.

Melina ficou de costas para ele olhando através do vidro da janela. Não sabia o que pensar. Tinha pensado que Henrique desistiria ao não receber resposta para suas mensagens, contudo ele estava ali. Será que realmente era verdade desde o início o que ele dissera sobre o que sentia por ela? Ouvia sua respiração e sabia que ele a olhava. Sentia o olhar dele em suas costas. Não estaria perdendo uma chance de ser feliz? Quem sabe a única chance de sua vida?

Henrique estava parado próximo a ela, com as mãos nos bolsos, em silêncio, observando-a. Depois se aproximou e segurou seus ombros. Melina virou-se e pediu para ele tirar a camisa. Ele tirou. Ela encostou a boca em seu peito, enlaçou seu corpo, acariciou suas costas e percebeu o leve tremor, beijou-o e pediu que não dissesse nada. Henrique manteve-se em silêncio. Abraçou-a e a beijou. Em silêncio caminharam até a cama, beijaram-se e acariciaram-se. O amor se fez silenciosamente e com desespero. Com angústia. Com paixão. Sem palavras. Não eram necessárias. Ficaram se olhando, acariciando o rosto.

Deitados lado a lado, aproveitavam o momento.

Havia paz e sossego e cansaço.

Era tudo o que precisavam. O mundo poderia acabar lá fora que restariam os dois. Apenas os dois. Nada mais era preciso naquele momento. Apenas eles, a cama e o quarto.

Henrique não sabia quanto tempo duraria aquele encontro nem se haveria outros. Tudo em Melina era incerto. Tudo era uma grande interrogação. Precisava viver o momento e aguardar. Estaria sempre pronto para ir ao seu encontro.

Foi ela quem rompeu o silêncio.

— Por que me procurou? Eu disse para não fazer isso.

— Porque errei em dizer que queria apenas uma noite com você. Porque não acredita em meu amor, porque quero ficar com você seja como for. Porque não acredito que sinta algo além de piedade por seu marido. Porque nos completamos, porque nossos corpos se desejam, porque sabe me fazer feliz, porque você é você, a mulher que sempre procurei. Porque podemos ter uma vida feliz juntos. Basta?

— Basta. É muito, mas não é possível. Tivemos outra chance. Sei que nos completamos, mas não vamos além disso. Infelizmente nossas vidas seguem paralelas. Todo o restante ficou naquela noite, naquela cama.

— Por que tem de ser assim? Por que não pode viver a paixão que demonstrou há pouco? O que a impede? Somos adultos e donos de nossas vidas. Não precisamos dar satisfação de nossos atos a ninguém. Podemos ir embora juntos e começar uma vida que, se depender de mim, será de intenso amor e carinho. Sei que podemos ser felizes e que você pode vir a me amar um dia. Esperarei, mas tem que ser ao seu lado, não longe e esquecido.

— Tenho uma vida e não inclui você ou quaisquer sentimentos. Disse que queria uma noite apenas. Não podemos nem devemos insistir em algo que não tem futuro. Só estamos protelando o fim.

— Ter futuro ou não depende apenas de você. Podemos sim ter uma vida diferente da que temos. Vamos embora juntos e viver da melhor forma que pudermos. Acredite em mim.

— Você não deveria ter voltado. Para que apostar em sentimentos que nos farão sofrer? Para que insistir em algo que não tem como acontecer? Só para causar mais sofrimentos? Você não deveria ter vindo.

— Mas eu vim. Estou aqui e quero ficar onde você estiver. Fazer parte de sua vida, dar o amor que sei que buscou todo esse tempo. Eu também busquei e encontrei em você minha razão de viver. Acredite no meu amor por você. Fique comigo.

— Não há lugar para você em minha vida. Gostaria que fosse diferente, mas não é. Não tenho como me livrar de uma situação que, de tão antiga, parece estar colada em minha existência. Queria que fosse possível mudar tudo e começar outra vez, mas não há outro modo para mim.

— Conte-me o que a prende ao seu marido, talvez eu possa ajudar.

— Você não pode me ajudar. Ninguém pode.

— Como sabe?

— Nem você nem ninguém.

— Tem certeza? Conte-me e deixe-me avaliar se é possível fazer algo para mudar esta realidade. Deixe que eu decida se posso fazer algo ou não.

— Tenho certeza absoluta. Não posso envolvê-lo em uma situação que não lhe diz respeito. Não seria justo.

— Pode ao menos me dizer qual é o problema?

— A questão é que não há problema, apenas vitimismo e chantagem, plenamente apoiado por meus filhos que pensam que o papel da mulher é estar ao lado do marido. São homens, o que poderia esperar?

— Pode deixar tudo e viver sua vida, comigo ou não. Mas viver. Você merece. É mulher demais para se submeter a esses caprichos. Tem direito de amar, de sonhar e de construir seus projetos. Claro que gostaria de ser incluído em sua vida, mas, mesmo que não seja comigo, você precisa viver.

— As coisas não funcionam assim, ao menos não em cidades pequenas. A mulher, infelizmente, carrega nos ombros a responsabilidade pelo sucesso ou fracasso do casamento. As pessoas sempre apontam o dedo para nós.

— No século vinte e um? Não é possível! Você não pode se responsabilizar por tudo. Se houve fracasso como diz, a culpa não é sua. Acredito que não tenha sido valorizada como deveria.

— Quem liga para isso? Eu sou a errada, sempre serei. Se souberem o que houve naquela noite e hoje, jamais serei perdoada.

— Preciso pedir perdão, mesmo não estando arrependido? Posso ficar ao seu lado neste momento? Se houve erro ou não, posso assumir? É errado amar?

— Não sei o que seria mais prudente, você ficar de fora ou comigo, mas preciso de você neste momento. Posso cuidar de tudo depois, mas agora quero ficar com você, nem que seja apenas um momento.

— Não precisamos que seja um momento. Venha embora comigo, depois pensamos em divórcio ou qualquer coisa que o valha. Não posso e não quero deixá-la sozinha. Quero ficar com você e enfrentar o que for, apoiá-la em tudo. Não fuja novamente, pois vou procurá-la onde estiver. Não vou desistir de ser feliz ao seu lado.

— Não posso ir embora com você, isso só complicaria mais minha vida e o colocaria em uma situação difícil. Temo até por sua vida. Meus filhos não entenderiam nunca.

— Não tema por mim, sei me cuidar. Eu que me preocupo com você vivendo ao lado de seu marido e longe de mim. E sua filha? Concorda com eles? Pareceu-me uma moça tranquila e moderna.

— Não, minha filha não concorda com eles. Por ela, eu já estaria divorciada há tempos, mas também não tem forças contra os irmãos. Minha família se divide em pai e os filhos de um lado, Lúcia e eu do outro. Ao lado de meus filhos, também estão meus cunhados que os influenciam. Eles viveram uma realidade de violência e maus-tratos com a mãe e as irmãs e acham normal uma mulher ser tratada como inferior. Colocaram essas ideias insanas para meus filhos com total apoio do pai.

— O que seu marido tem, afinal? Sofre de alguma doença?

— Diabetes.

— Desde quando é uma doença fatal? É só se cuidar. É possível viver muito bem com diabetes, basta cuidado e alimentação adequada. Pensei que fosse terminal. Imaginei uma pessoa totalmente dependente de ajuda para sobreviver.

— Ele acha que precisa do cuidado de todos, principalmente do meu. Nossos filhos fazem todas suas vontades, e eu sou errada porque não caio em suas armadilhas. Vivo minha vida sem lhe dar satisfação.

— Entendi. Um motivo a mais para ficarmos juntos. Ele vai acabar aceitando. Chegará um momento que verá que suas chantagens emocionais não convencem mais ninguém e vai mudar de postura. Enquanto você estiver à mercê de seus caprichos, ele continuará a fazê-la sofrer. Acredito que sua doença maior seja uma grande dose de sadismo e ele está apenas aproveitando da situação para mantê-la presa. Ele não vai morrer por essa doença. Vai viver muito ainda, com certeza.

— Não sei. É bem capaz de morrer só para colocar a culpa em mim. Vamos parar com esse assunto? Já falamos demais sobre quem não merece.

— Concordo, falemos sobre nós. Vamos fazer o seguinte. Nas férias de janeiro, ficamos juntos. Vamos para minha casa e passamos o mês sem pensar em nada nem ninguém. Podemos viajar, ficar em casa, dormir, fazer o que você quiser. Um mês longe de tudo e de todos, apenas vivendo do modo que queremos e merecemos.

— Seria ótimo me afastar de tudo e de todos. Vou pensar.

— Não responde nada na hora, não é, Morena?

— Não. Se não der certo, não tenho que retirar o que disse. Vamos voltar? Já é tarde. Preciso ir para casa.

— Saímos amanhã novamente? Posso vir em outros finais de semana?

— Tudo bem. Saímos amanhã e pode vir, sim. Se tiver de dar alguma coisa errada, fazer o que! Preciso de tempo para mim ao seu lado.

— Muito bem. Onde nos encontramos?

— No mesmo lugar de hoje, é mais seguro. Se não houver ninguém na rua, entro no carro. Precisa ser bem cedo, quando as pessoas ainda dormem.

— Vai conseguir sair de casa? Não vai ter problemas?

— Não, pode ficar tranquilo. Vai dar tudo certo. Tomaremos cuidado.

— Não quero que tenha dificuldades por minha causa.

— Não é só por você, é por mim também. Para sair do lugar comum em que se transformou minha vida. Preciso me dar a certeza de que estou viva.

— Posso ter esperança em relação a nós?

Ela sorriu e não disse nada. Se dissesse não seria Melina. Sempre deixava um ponto de interrogação no ar. Henrique sabia disso. Tudo bem. Um final de semana a mais já era bastante. Um dia ela tiraria a armadura, e ele estava disposto a fazer tudo para conquistá-la. Como se encontrariam outras vezes, poderia ter esperanças.

No dia seguinte encontraram-se no mesmo lugar. Melina entrou no carro e Henrique saiu em seguida. Foram para um lugar mais afastado, em uma cidade longe de onde ela morava. Era uma forma de não serem reconhecidos.

Melina não sabia ao certo o que sentia, apenas que gostava da presença de Henrique, de não haver cobrança, de não haver compromisso. Nem sabia se realmente haveria amanhã para eles, queria viver o momento apenas. Sem pensar no dia seguinte, em sua vida sem alegrias.

Para Henrique, as coisas eram um pouco diferentes. Apostava naqueles encontros para criar laços com Melina e, quem sabe, fazer com que gostasse dele, mais do que gostava de sua barriga. Novamente achou graça do pensamento. Queria que ela o amasse de verdade. Estaria ao seu lado sempre, falaria com seus filhos se fosse necessário. Faria tudo que estivesse ao seu alcance para ficarem juntos. Amava realmente aquela mulher tão diferente de todas as outras que conhecera. Melina tinha essência de mulher que, embora estivesse em uma situação difícil, deixava ser vista como realmente era. Uma mulher em busca da satisfação de seus desejos. Podia ser meio complicada, reticente e misteriosa, mas isso só aumentava seu desejo por ela. Queria desvendá-la.

MATURIDADE: RECOMEÇO

Chegaram ao hotel, desta vez Henrique preferiu assim já que pretendiam passar o dia todo juntos. Era uma cidade bastante agradável. Subiram ao quarto. Sairiam para passear sem se deter em lugar algum, apenas para não ficarem o tempo todo trancados.

O quarto era de muito bom gosto, decorado com primor. Alegre e iluminado. As cores claras das paredes davam ar de limpeza, e as cortinas em tons pastéis contrastavam com o azul do céu que se vislumbrava pela janela.

Um agradável aroma de alfazema enchia todo o ambiente.

Deixaram suas bagagens no quarto, se é que se podia chamar de bagagem duas pequenas bolsas onde colocaram o estritamente necessário. Decidiram descer para fazer o primeiro passeio e encontrar um ambiente tranquilo para almoçar. Queriam ficar bastante tempo fora.

Passaram por ruas e avenidas até encontrarem um lugar bastante afastado, de onde se podia vislumbrar, a uma longa distância, árvores que pareciam enfileiradas de propósito, davam uma ideia da completa harmonia da natureza. Ficaram olhando a paisagem abraçados, do lado de fora do carro.

Tudo respirava tranquilidade e paz.

Melina estava fascinada com o encantamento do dia. Fazia um calor agradável, com uma brisa suave soprando. De tempos em tempos, uma revoada passava por eles com grande alarido dos pássaros. Era um dia perfeito.

Henrique a abraçou e encostou a cabeça em seu peito. Melina permaneceu imóvel. Fazia tempo que não respirava tanta calma. Estavam distantes do mundo, esquecidos de tudo e vivendo a magia do momento e de suas presenças em um dia maravilhoso.

Ali se transformava em uma nova Melina, capaz de ser ela mesma sem necessidade de estar vigilante com suas palavras ou ações. Henrique despertava essa nova mulher que só existia junto a ele. Uma Melina que se entregava em seus braços e se deixava conduzir por ele em caminhos de puro êxtase e que era capaz de ficar apenas olhando o céu recostada em seu peito, tendo seus braços ao redor do corpo.

— Está feliz?

— Eu diria mais que feliz. Ficar aqui com você é o que de melhor poderia me acontecer. Você deu significado à minha vida, não imagina o quanto é importante para mim. Representa carinho, compreensão, paixão e, por que não, amor? Ao seu lado, sou uma pessoa nova, uma mulher realizada.

Arrependeu-se do que havia dito, mas era tarde demais.

— Morena, repete bem devagar o que acabou de me dizer. Preciso ouvir novamente para acreditar. Por favor!

— Agora não. Outra hora, quem sabe.

Virou-se de frente para ele e o beijou. Henrique sabia que ela só falaria novamente quando quisesse. Tudo bem. Ouvira com certeza e não esqueceria. Estava feliz e iria fazê-la feliz também. Quem sabe quando estivesse em seus braços diria novamente? Era esperar e torcer. Se Melina começava a sentir algo por ele, certamente aceitaria sua ajuda e poderiam ficar juntos. Havia esperança para eles.

Voltaram para o hotel à tarde. Tinham almoçado em um restaurante bastante agradável em meio à natureza e distante da cidade.

Na sacada do quarto do hotel conversavam:

— Você não vai repetir o que me disse? Queria muito ouvir de novo. Preciso esperar quanto tempo?

— Você ouviu e entendeu, não há necessidade de repetir.

— Por que tem tanta dificuldade de assumir seus sentimentos? Teve alguma decepção na vida?

— Na verdade, a decepção continua comigo.

— Mas não sou eu! Eu sou outra pessoa! Você me conhece e sabe o que sinto. Não precisa ter medo. Precisa se soltar para viver intensamente o sentimento, seja ele qual for. Se amar, diga que ama.

— Haverá outra oportunidade, com certeza.

— É tão difícil me assumir e assumir que me ama, se é que me ama de verdade? Se não foi, como você mesma disse, "sexo casual", por que me faz esperar tanto? Faço amor com você, Morena, mas não sei o que sente quando estamos juntos. Quando penso que está sentindo o mesmo que eu, você foge e se esconde atrás de um sorriso. Isso me confunde. Queria ter certeza de que sente algo por mim. Eu percebo algo quando está em meus braços, mas depois não sei o que pensar, tudo muda, e fico novamente em dúvida. Você se afasta e me deixa sozinho. Mesmo ao meu lado, não sinto sua presença. É como se você se ausentasse e ficasse apenas seu corpo junto a mim.

— Entende por que eu queria uma noite apenas? Teria sido melhor. Agora você não estaria vivendo esta angústia ao meu lado. Seria a lembrança perfeita para nós dois. Um sonho que poderia ser guardado bem fundo em nós, um lugar onde ninguém pudesse ter acesso.

— Mas eu não queria e nem quero uma aventura! Quero uma vida! Quero o dia após dia com você, acordar juntos, fazer planos, falar segredos ditos ao ouvido. Quero que possamos nos amar quando tivermos vontade, quero saber que nos pertencemos e que estamos juntos para sempre. Quero a cumplicidade dos amantes e a certeza dos casais. Quero o cansaço depois do amor e olhar seu olhar de desejo saciado. Quero nada menos do que o mundo com você.

— Não sei se posso lhe dar o que quer. Apenas o tempo vai dizer.

Quando se deitaram, Henrique a olhou, tentando entender o que se passava em seu pensamento. Melina, como sempre, sorria. Ele esperaria que ela manifestasse desejo por ele. Não tomaria nenhuma atitude sem que partisse dela a iniciativa. Queria que, ao menos uma vez, ela procurasse por seus carinhos. Era sempre ele quem demonstrava desejo e a necessidade dos carinhos dela. Melina apenas recebia. Exceto no dia anterior, quando, assim que se encontraram, ela havia pedido que ele tirasse a camisa e o beijara, mas fizera em silêncio e em silêncio colara a boca em seu peito. Não houve uma palavra de carinho ou declaração de amor. Apenas o desejo do corpo pelo corpo, a busca pelo prazer.

Melina levantou-se e se deitou sobre o corpo de Henrique em silêncio. Começou a beijá-lo, pediu que ele ficasse de costas e começou a mordê-lo. Sentia a pele arrepiada ao contato de sua boca. Ele se virou, e ela começou a morder seu peito. Ficou com a boca colada em seu peito por um tempo, como no dia anterior. Ele não sabia por que ela fazia isso, mas gostava do calor e da umidade de sua boca em sua pele.

Henrique pensou que as palavras poderiam esperar, mas o desejo que sentia por ela era urgente. A paixão era imperativa e precisava ser saciada. Em outro momento ouviria o que tanto ansiava ouvir. Então entregou-se aos carinhos de Melina. Não adiantava pressa, era costume dela protelar as respostas. Só diria o que ele queria ouvir em outra ocasião.

Ou não diria nunca.

Melina sabia do poder que exercia sobre o corpo de Henrique. Ele ignorava o que ela sentia, mas entregava-se aos seus desejos.

Sem mistérios. Sem segredos.

Novo verso, sussurrado ao ouvido.

Não havia conversa nem segredos revelados. Apenas entrega.

Adormeceram abraçados e acordaram pouco depois. Melina precisava voltar para casa. Não sabiam se conseguiriam se encontrar outra vez.

Antes de saírem, Henrique abraçou-a e a beijou longamente. Ao se despedirem, ele temia que fosse a última vez. Pediu que ela respondesse suas mensagens, que não o deixasse esperando, pois a espera era sempre angustiante.

Na semana seguinte marcaram novo encontro. Ficariam juntos todo o final de semana. Henrique propôs que fossem para sua casa, mas Melina preferiu uma cidade mais próxima de onde morava. Poderiam ficar em um hotel novamente. Ele poderia aguardá-la na rodoviária e seguiriam juntos. Assim fizeram. Ao chegar, Henrique já a esperava.

A cidade era um pouco maior do que a que Melina morava, e ninguém a conhecia ali. Desfrutaram o final de semana o máximo

MATURIDADE: RECOMEÇO

que puderam. Henrique, sempre carinhoso e apaixonado, não se cansava de fazer declarações de amor para Melina. Não se veriam antes das férias de janeiro, e ele sentia saudades antes mesmo de se separarem.

Já sentia o frio e o vazio da distância que os separaria.

O fim de semana terminou, como tudo termina, tanto o que é bom e nos enche de felicidade, quanto o que é mau e nos sufoca diariamente. Combinaram as férias. Passariam o restante do mês de dezembro sem se verem, apenas se comunicando por mensagens. Teriam de matar a saudade dessa forma.

Novamente a incerteza na separação. Henrique temia que algo pudesse acontecer e Melina decidisse não mais passar as férias com ele.

Era uma relação em que ele se sentia constantemente na corda bamba. Não conseguia se sentir seguro em nenhum momento. Não sabia o que se passava pela mente de Melina, só lhe cabia esperar por ela e torcer para que o encontro acontecesse e que ela não o deixasse sem notícias.

A ausência, por vezes, é mais presente do que a própria presença.

Melina e Henrique sentiam em seus corpos a presença um do outro.

Sentiam ainda o toque das mãos, o sabor da boca na boca, a pele em contato com a pele e o prazer que isso representava, seus desejos se confundindo no maravilhoso balé das paixões. Ouviam e diziam frases desconexas que faziam tanto sentido, apenas para eles. O mundo ignorava. Eram segredos deles. Sentiam a fome e a sede de se amarem. De se entregarem com um misto de paixão e ternura. De se confundirem em apenas um corpo.

Apenas uma vida.

A saudade, essa forma latente de colocar presença na ausência, faz-se doce ao trazer de volta as mais belas recordações e amarga, quando traz consigo a incerteza de retornos, de reencontros, de novos dias e novas noites.

Henrique vivia essa incerteza constantemente.

Como gostaria que Melina o amasse! A ele restava a saudade.

A saudade é uma antítese em si mesma.

Ao mesmo tempo que devora as horas passadas a esmo, enche de sentido a espera pelo retorno, pelo abraço, pelo carinho tão desejado. É capaz de dar significado a uma frase dita ao léu e transformar sentidos distintos em formas únicas de pensamentos. Traz de volta o gosto de bocas unidas em beijos ardentes, de abraços apertados e corpos suados de tanto se amar, de tanta entrega e tanto desejo que se realiza nos encontros tão curtos de tempo a ser vivido e tão intensos nos momentos em que acontecem.

Traz os sons de vozes abafadas pelos murmúrios de carícias e gestos que só encontram eco no mundo das paixões.

A saudade faz presentes as maiores ausências, mais próximas as mais longas distâncias.

A saudade é o próprio sentido de si em si mesma.

Sem necessidade de explicações, o entendimento se faz. E vamos vivendo através dela, da nossa eterna companheira saudade, conduzidos pelo turbilhão de pensamentos, por vezes tão desconexos, mas repletos de sentidos.

Sentidos que são sentidos na pele, no corpo, na alma, na vida.

Repletos de sins e sons.

De encontros de mãos nas mãos. De olhos nos olhos.

De boca na boca. De corpo no corpo. De vida na vida.

A saudade nos conduz e nos faz esperar sempre por um momento que seja outro.

Sempre igual e tão diferente. Sempre tão desejado e prometido.

Por uma existência diversa da que se possui.

Esperar por outra realidade que só se torna possível com o reencontro.

Capítulo IV

JUNTOS...

Encontro de almas

Dezembro chegou e, com ele, os filhos de Melina e as festas em família. Ela estava atarefada, todavia feliz. Sabia que estaria com Henrique e desfrutaria de um mês de paixão ao seu lado. Era a primeira vez que pensava na palavra "paixão" em relação a ele. Era o que sentia e finalmente admitira para si mesma. Estava apaixonada por um homem que não era seu marido, entretanto não via estranheza no fato.

Aquele homem a entendia e sabia fazê-la feliz.

Somente ele conhecia a verdadeira Melina, sem máscara ou armadura, pura e nua, que se entregava sem medo de ser julgada. Ele trouxera à tona sua essência de mulher. Em seus braços, ela encontrou o amor e a paixão que nunca conhecera antes. Era a parte que faltava em sua vida. Seu outro eu que ficou perdido em meio ao redemoinho que se transformara sua história. Era sua essência no estado mais puro.

Henrique a trazia de volta palpitante e leve como pluma ao vento. Ele tinha o poder de fazer dela a amante e a mulher sem medos ou falsos pudores. Em seus braços, Melina se transformava em uma pessoa completa e sem arrependimentos. Totalmente segura de seus desejos e buscas. Mulher em toda sua plenitude.

Dezembro passou, e, por causa das festas, os dias correram não deixando muito tempo livre para Melina pensar. Melhor assim.

Só parava para responder as inúmeras mensagens que chegavam diariamente.

Chegou o dia combinado em que viajaria para passar as férias com Henrique. Estava ansiosa e feliz, parecia uma adolescente encontrando o primeiro namorado. Ruborizava ao pensar nos momentos que teriam juntos, na ternura quente dos braços de Henrique, em seu olhar terno e seu sorriso sincero.

Como acertado, ele a esperaria na cidade mais próxima de onde ela morava. Melina iria de ônibus, lá se encontrariam e iriam para a casa dele. Passava das nove horas da manhã quando o ônibus chegou à rodoviária. Henrique havia chegado bem mais cedo e aguardava por ela. Ele mal havido conseguido dormir de tanta ansiedade.

Melina desceu, aguardou alguns minutos e se dirigiu até ele, que abriu a porta do carro para ela entrar. Saíram.

— Está tudo bem? Saiu sem dificuldades?

— Sim, tudo certo. Disse que iria viajar e voltaria no final do mês. Deixei tudo pronto. Até a faxineira arrumei para limpar e cozinhar.

— Que bom! Se precisar de alguma ajuda, por favor, fale-me.

— Não preciso de nada, obrigada.

Henrique sorriu, sabia que ela não aceitaria sua ajuda. Melina queria que o relacionamento ficasse bem longe de qualquer questão dessa natureza. Não queria e não seria bancada por Henrique. Temia estragar o romance.

Duas horas depois chegaram à casa dele. Entraram e foram direto para o quarto. Henrique estava preocupado com o ar de cansaço de Melina e sugeriu que tomasse banho para descansar. Ela aceitou.

— Vou lhe dar um relaxante para dormir, acordará melhor. Estarei aqui quando despertar, fique tranquila.

Melina não contestou, estava mesmo muito cansada. Tomou banho e o medicamento. Em poucos minutos, dormia a sono solto.

MATURIDADE: RECOMEÇO

Henrique deitou-se a seu lado e acabou adormecendo também. Acordaram quase ao mesmo tempo. Ele sorria para ela e perguntou se estava melhor, se conseguira descansar.

— Estou ótima! Obrigada pela gentileza! Estava mesmo precisando de um pouco de descanso. Final de ano é cansativo demais.

— Posso pedir para servir o almoço?

— Que horas são? Dormi muito?

— Mais ou menos três horas. Dormimos bastante.

— Que indelicadeza! Não vim para atrapalhar sua rotina, deveria ter me acordado. Não gosto de deixar ninguém esperando, acho falta de educação.

— Eu também dormi, fique tranquila. Estamos de férias, e a última coisa com que quero me preocupar são horários. Vamos descer?

Arrumaram-se e desceram. Henrique havia separado uma roupa para Melina. Ela tinha levado pouca coisa, pois ele dissera que tinha providenciado algumas roupas para que ela não precisasse carregar bagagens. E realmente fizera.

Era tão grande a quantidade que ela precisaria de uma vida para usar tudo. Não sabia como ele descobrira seu manequim. Poderia ser de suas roupas que sempre ficavam jogadas em algum lugar, ela sempre precisava de ajuda para achar.

O almoço foi servido, depois Henrique levou Melina para um passeio pelo jardim. Ela não havia reparado em nada, pois estava bastante cansada. Só então percebeu a beleza do paraíso que se estendia ao redor da casa. As flores estavam lindas e perfumadas naquele verão maravilhoso. Ela estava feliz, como não se recordava de ter sido um dia.

Henrique se desdobrava em atenções. Era sempre gentil e cortês. Em dado momento ele tomou-a nos braços e a beijou. Estavam sob árvores meticulosamente cuidadas. Havia o jardim, o céu azul e eles. Não precisavam de mais nada. Tudo estava perfeito. Estavam felizes.

— Quer se casar comigo?

— Quando?

— Sei lá, um dia...

— Um dia eu respondo.

— A mesma mania de não falar na hora, não é, Morena? Sempre se esquivando, deixando para depois. Estou me acostumando.

— Vamos fazer o seguinte? A lua de mel primeiro e o casamento depois. Se não houver, já estivemos juntos. Se houver, teremos outra. Sem complicações e sem pensar no futuro. Vamos viver apenas esse momento.

— Aceito a lua de mel antes e todas as outras que vierem. Quer ser minha namorada, então?

— Já estamos namorando. Não estamos?

— Se você diz é porque estamos. Não vou discordar de jeito nenhum.

A tarde passou, e, após o jantar, subiram para o quarto. Melina tinha conhecido o restante da casa e ficado encantada. Havia bom gosto em todos os lugares, mas o que realmente chamava a atenção era o silêncio que reinava no lugar. Nem pareciam estar em uma metrópole, mais se assemelhava à calma do campo. O jardim, com suas inúmeras árvores, dava o frescor necessário para a residência, e o perfume das flores garantia fragrâncias diferentes que se espalhavam em todos os aposentos.

Era paz e tranquilidade em todos os lugares.

Ao entrarem no quarto, Melina enlaçou o corpo de Henrique. Ele tirou a camisa, e ela colou a boca em seu peito.

— Por que você faz este gesto? — ele perguntou.

— Estou pedindo para seu coração não se esquecer de mim — respondeu Melina.

— Ele está ouvindo muito bem e atendendo ao seu pedido.

— Henrique, você é o homem da minha vida.

— Sou? De verdade?

— Sim. Com você aprendi o que realmente é prazer. Você percebeu que eu não sabia e que nunca tinha sentido.

— Percebi.

— Você fez com que eu me sentisse mulher de fato, amada, desejada sem medo ou pudor.

— Que mais?

— Você conhece os caminhos de meu corpo e caminha por eles com desenvoltura, sabe aonde quer chegar e me leva junto.

— Que bom, meu amor! Fico feliz por tudo, mas sou, na verdade, o homem que a ama muito e espera seu amor. Sempre esperarei que me ame como eu a amo. Fico contente por poder revelar quem você é de fato. Uma mulher digna de ser amada e desejada em todos os momentos, com paixão e ternura. Você desperta o melhor de mim.

Nas vezes em que Melina, em meio a demonstrações de carinho, revelava, entre uma palavra e outra, o que sentia por Henrique, ele tinha certeza de seu amor e ficava muito feliz, embora a frase que realmente quisesse ouvir fosse deixada nas entrelinhas. Nunca era dita às claras.

Estavam deitados lado a lado na cama, apenas se olhando sem nada dizer. Há momentos da vida em que as palavras são desnecessárias, o olhar e o sorriso dizem tudo. Ficaram assim por um tempo indefinido. Henrique pensava na real possibilidade de Melina amá-lo. Sabia que, dessa forma, ela teria forças para sair de um casamento que já havia acabado e ficarem juntos finalmente. Ele daria essa força a ela.

Gostavam de ficar assim. O mundo, os problemas, a vida de cada um estavam lá fora. Ali apenas os dois se olhando, desfrutando do cansaço delicioso de corpos que haviam se entregado sem segredos e sem medos. Apenas se olhando e se descobrindo qual duas estátuas esquecidas em um jardim.

Henrique disse a Melina, em dado momento, que seu filho gostaria de conhecê-la. Perguntou se ela se importaria se ele fosse visitá-los.

— Por mim tudo bem. Presumo que ele já tenha feito isso com outras namoradas suas.

— Nunca trouxe ninguém aqui, por isso mesmo ele quer lhe conhecer.

— Nunca trouxe ninguém para sua casa e só agora me fala? Se eu soubesse, não teria vindo. Pensei que era costumeiro.

— Não podia trazer quem não era importante. Somente um caso passageiro, não havia amor envolvido. Com você é diferente. Não quero que acabe. Quero ficar com você, do jeito que quiser. Meu filho sabe disso.

— Fico constrangida, sei lá. Com medo de decepcioná-lo.

— Não vai decepcioná-lo, pelo contrário. Ele está ansioso para conhecê-la, sabe tudo sobre nós desde o início.

— Qual o nome dele?

— Luís Paulo. Vai gostar dele, é tranquilo, alegre, extrovertido e de bem com a vida. Não julga ninguém e aposta em nossa felicidade.

— Você disse que ele sabe tudo sobre nós? Tudo mesmo?

— Tudo. Não temos segredos. Só se preocupou pelo fato de você ser casada. Teme que eu tenha problemas com seu marido, mas disse que estará comigo em qualquer situação.

— Não gostaria que soubesse, fico sem jeito.

— Fique tranquila, tenho certeza que vai gostar dele. É uma pessoa totalmente livre de preconceitos.

À noite do dia seguinte, o filho de Henrique chegou para o jantar. Melina estava bastante nervosa, não sabia no que resultaria aquele encontro. Pontualmente às vinte horas, a campainha tocou, e Luís Paulo entrou na sala. Era parecido com Henrique: os mesmos olhos claros, o mesmo sorriso simpático, a mesma voz. Abraçou o pai com carinho e beijou-o na face. Eram pai e filho no exato sentido da palavra. Dava para perceber que se amavam. Melina aguardava as apresentações, estava um pouco afastada para que eles se cumprimentassem.

Henrique foi até ela.

— Filho, esta é Melina, a minha Morena. Melina, este é meu filho.

— Pai, agora entendi toda sua euforia e felicidade. Melina, muito prazer em conhecê-la. Meu pai falou tanto em você que sinto como se a conhecesse de longa data. Entendo por que você está aqui. O velho aqui está apaixonado. Fico muito feliz por vocês.

— Não disse que iria gostar dela assim que a visse?

Melina estendeu a mão para Luís Paulo.

— Também estou muito feliz em conhecê-lo, mas me sinto um pouco constrangida com tudo isso. Gostaria que nos conhecêssemos em outras circunstâncias.

— Fique tranquila, não estou aqui para julgar ninguém. A única coisa que peço é que faça meu pai feliz e que seja feliz também. No restante, o que precisar de mim, por favor me diga, farei tudo o que estiver ao meu alcance por vocês. Quero que sejam muito felizes. Vocês merecem.

— Obrigada, Luís Paulo!

— Bebe alguma coisa, garoto?

— Uísque, pai, obrigado.

Henrique preparou três doses de uísque. Os três ficaram conversando e bebendo enquanto aguardavam o jantar. Luís Paulo estava encantado com a leveza e alegria de Melina. Entendia o pai estar apaixonado por ela. Melina falava com desenvoltura e sabia colocar suas opiniões com clareza, embora, às vezes, deixasse no ar o que estava pensando. Eterna interrogação.

O jantar foi servido e a conversa animada continuou. Em dado momento, Luís Paulo perguntou quais eram os planos dos dois dali para frente, já que Melina era casada.

Henrique respondeu:

— No momento estamos de férias, ou melhor, em lua de mel. Vamos pensar no que fazer depois do final do mês. Não queremos estragar esses dias que estão sendo magníficos. Qualquer atitude que tivermos de tomar será a partir do próximo mês.

— Sábia decisão. Não deixem que nada atrapalhe este momento. Vocês necessitam desse tempo sem pensar em nada. Terão oportunidades para resolver o que quer que seja depois.

— Você realmente é filho de seu pai.

— Quero que saibam que apoio qualquer decisão de vocês, desde que seja para ficarem juntos. Não dá para desperdiçar um amor tão bonito assim. Velho, sua escolha foi ótima. Estou feliz por você.

— Meu coração escolheu, filho. E lhe digo que não foi fácil. Minha Morena não é facilmente conquistável. É bastante reticente.

— Não sou difícil, mas gosto de me preservar.

— É difícil, sim. Conheço a história.

— Que seja então, dois contra uma é covardia.

A conversa seguiu animada até o fim do jantar. Luís Paulo voltou para casa, Henrique e Melina iriam se preparar para a viagem ao litoral no dia seguinte. Haviam combinado de ir cedo para evitar muito trânsito. Férias sempre são aproveitadas por todos para viajar.

Logo de manhã, dirigiram-se à casa de praia, que era bastante espaçosa. O lugar era muito tranquilo, e a casa era rodeada por jardins com várias árvores que tiravam o excesso de calor que faz no litoral no mês de janeiro. Era a segunda semana em que estavam juntos, mas nenhum dos dois queria pensar no momento de retornarem às suas rotinas.

Henrique não sabia se haveria outra chance de ficar tanto tempo com Melina, mas contava que ela mudasse de opinião e passasse a considerar o divórcio. Era a única forma para ela ficar definitivamente com ele.

Melina, por seu lado, sabia qual seria a reação de seus filhos. Eles jamais admitiriam a separação dos pais. Poderia contar com Lúcia, que era a mais cordata dos três, mas a filha não seria ouvida. Tinha medo de pensar em como aquela história terminaria, por isso havia optado por não responder às mensagens de Henrique. Queria realmente que ele a esquecesse. Ela também esqueceria e

MATURIDADE: RECOMEÇO

continuaria sua vida sem alegrias, sendo constantemente chantageada pelo marido e pelos dois filhos. Não via saída para a situação. Teria de continuar com sua vida sem expectativas e sonhos.

Deveria ter ficado longe de Henrique naquela festa. Não deveria ter dado seu número. Agora era tarde. Estavam juntos, e ela se sentia imensamente feliz ao lado dele. O que temia estava acontecendo, tinha se apaixonado por Henrique, mas, de forma alguma, diria a ele essa verdade. Enquanto ele pensasse que ela não o amava, não teria como lutar por eles. Ela contava com isso. Não diria nada. Temia que, em dado momento, falasse sem querer, procurava estar atenta às palavras. Por duas vezes quase se traíra, mas deixara no ar o que estava sentindo.

Henrique era o oposto de seu marido, gentil, educado e apaixonado. Amava-a de verdade e demonstrava em cada gesto. Estava sempre sorrindo, procurando agradá-la em tudo.

Às vezes Melina se percebia olhando para ele. Gostava de olhá-lo e receber um sorriso franco de volta. Estava feliz, e era só o que importava naquele momento: usufruir toda felicidade que estavam vivendo. Gostaria que o tempo parasse e que ficassem apenas os dois esquecidos do mundo.

À tarde, Henrique a levou para conhecer a cidade, e Melina ficou encantada com tudo o que viu. Há muito tempo não ia à praia, ver o mar em seu azul mais profundo dava-lhe uma sensação de felicidade e tranquilidade. Era outro mundo, outra realidade, bem diferente da sua.

Na manhã do dia seguinte, desceram para a piscina, que ficava na parte dos fundos, de lá podiam ver o mar que se estendia em sua majestosa beleza. A praia ficava além do enorme portão que fechava os fundos da casa. Também da sacada do quarto, podiam ver a beleza da paisagem noturna e a lua desenhada nas águas do mar.

Tudo em grande harmonia. Tudo respirava paz.

Ficaram a manhã toda aproveitando o sol e a extrema tranquilidade do lugar. Henrique tinha sugerido que passassem o dia como se estivessem na praia. Não ia até lá, pois tinha pouca resistência ao sol, não podendo ficar exposto. Isso explicava sua pela tão clara. Não tomava sol e preferia ficar na piscina que ficava a maior parte do tempo na sombra. Por outro lado, Melina queria aproveitar cada raio do sol que beijava suavemente seu corpo. Sua cor mais se acentuava e mais contrastava com a pele de Henrique.

Nenhum dos dois se importava de não serem os "modelos de beleza" tão proclamados pela ideia de que, para ser considerado bonito, tinha de haver "corpo perfeito", forte para os homens e magro para as mulheres e pele bronzeada no verão. Estavam bem consigo mesmos. Gostavam de como eram.

Em dado momento, Henrique percebeu o olhar insistente de Melina. Ela estava deitada à beira da piscina, e ele recostado na borda.

— Tudo bem?

— Sim, tudo ótimo.

— Quer me falar alguma coisa?

— Não, estou apenas observando.

— Observando o que?

— Você. Gosto de vê-lo nadando. Acho que é porque não sei nadar.

— Como não sabe? Precisamos resolver isto rápido!

Espirrou água nela, que ficou muito brava. Seu corpo estava quente e a água bastante fria.

— Vou ensiná-la a nadar.

— Está bem, mas hoje só quero ficar aqui curtindo o sol.

Henrique, outras vezes, percebia o olhar de Melina, sempre atento, nesse momento ela o observava preparando bebidas para eles. Ele não perguntou nada, apenas devolveu o olhar e sorriu.

Estaria Melina se apaixonando por ele? Não sabia, mas gostaria que estivesse, assim poderia pensar em divórcio. Era tudo o que desejava, mas ela não dizia nada. Precisava pensar em uma forma de fazê-la falar sem perceber. Aguardaria um momento de distração para descobrir. Teria calma.

MATURIDADE: RECOMEÇO

Não entendia a dificuldade dela em demonstrar sentimentos. Sabia que queria se preservar, mas ela sabia do amor dele. Falava e demonstrava sempre o que sentia. Não tinha segredos para ela.

Ele percebeu mudanças no comportamento dela quando estava em seus braços: a forma como sussurrava seu nome, o modo como se entregava, o desejo que demonstrava sentir, o olhar terno que lhe dirigia, mas, ao final, voltava a ser distante.

Teria medo de amar? Amara alguma vez?

Qual era o grande segredo de Melina?

Ficaram quase todo o dia entre sol, piscina e momentos de grandes demonstrações de amor por parte dele. Henrique, a todo o momento, beijava e abraçava Melina. Precisava que ela percebesse a diferença entre ele e seu marido, queria ser para ela o apoio que não encontrava em casa. Era de índole apaixonada e fazia com que ela percebesse o quanto era amada.

Quase já escurecia quando finalmente entraram para tomar banho e jantar. A noite estava clara com a lua brilhando e convidando para namorar. Após comerem, ficaram na sacada, abraçados, observando a beleza do céu noturno.

Ao se levantarem, bem mais tarde, para ir para o quarto, Henrique abraçou Melina, que ficou um longo tempo olhando para ele.

— O que foi? Por que está me olhando tão profundamente com esse meio sorriso misterioso nos lábios? Por acaso quer um beijo?

A resposta veio com um largo sorriso.

— Obrigada por me oferecer! Você é muito gentil, ia pedir mesmo. Sabe que gosto quando me abraça, me beija, aperta meu corpo contra o seu e me olha. Gosto quando faz amor comigo, quando me despe até que minha alma fique nua. Sinto-me completamente mulher em seus braços. Nunca senti nada assim. É como se você soubesse exatamente como me tocar, como falar para fazer com que me sinta especial.

Ele a beijou longamente, e continuaram abraçados. Outra declaração de amor que ficava nas entrelinhas. Era sempre assim, não dizia o que Henrique queria ouvir, mas deixava claro o que sentia por ele.

Ela colava a boca em seu peito e ficava sem se mexer. Henrique aguardava que ela se afastasse. Gostava do contato de sua boca quente em sua pele. Nesses momentos tinha certeza de ser amado por Melina, embora ela não dissesse nada.

Ele sentia. Apenas sentia.

Gostavam da conversa leve entre eles. Eram momentos de grande intimidade. Henrique sempre procurava esses instantes para falar sobre assuntos que geralmente eram evitados por Melina.

Deitaram-se bem tarde. Henrique esperava a ocasião de falar à Melina assuntos que precisavam ser discutidos por ambos. O momento era quando ela estava bastante tranquila, geralmente depois de se amarem. Ficavam deitados se olhando. Muitas vezes as palavras cedem lugar à eloquência do silêncio.

Henrique começou a beijá-la. Melina gostava quando se amavam em silêncio. Por vezes, rompia o silêncio com algum verso. Declamava e novamente ficava calada.

O silêncio, por vezes, diz mais que mil palavras. Apenas o olhar nos olhos, o sorriso sincero, pode trazer à tona sentimentos guardados sob sete camadas de vida.

Henrique sabia da dificuldade de Melina em se mostrar como era. Suas vontades, suas paixões, suas necessidades de carinho vinham sempre entre uma palavra solta ou uma breve constatação de algo que o diferenciava, mas jamais repetia o que, por ato falho, deixava transparecer. Sempre protelava.

Ele aguardava. Sabia que era amado. Precisava apenas esperar que Melina tomasse coragem e assumisse que o amava. Ele sentia o amor dela, mas queria ouvir e confirmar.

Há pessoas que, por medo de seus sentimentos ou por terem sofrido em razão deles, escondem-se atrás de uma cortina e procuram se proteger de tudo e de todos. Melina era uma dessas pessoas. Buscava se preservar sempre.

Permaneceram apenas se olhando até que Melina disse:

— Por que você me ama, Henrique?

— Porque você é bonita, difícil, brava, misteriosa, terna e meiga. E porque nos completamos. Fomos feitos um para o outro. E você? Por que você me ama, Morena?

— Porque você é gentil, carinhoso, romântico, sincero, sensível, educado, apaixonado e muito esperto. Você me fez falar o que não pretendia.

— Até que enfim! Esta é, com certeza, a mais difícil declaração de amor de toda a história da humanidade! Olhe nos meus olhos e diga o que preciso ouvir. Não fuja desta vez. Está presa em meus braços e não vou soltá-la. Quero ouvir o que estou esperando há muito tempo. Eu a amei no instante em que a vi e você nunca demonstrou nada além de desejo por mim. Preciso ouvir, Morena. Por favor, diga olhando nos meus olhos.

— Henrique de Alcântara, eu amo você!

— Que maravilha! Nós temos de ficar juntos mais do que nunca! Não vou desistir de você. Precisa se divorciar. Existe uma vida juntos e vamos vivê-la! Quando voltar, peça o divórcio. Vamos juntos e falo com seus filhos, eles têm de entender que você tem direito de ser feliz. Já se anulou muito, deixou de viver e ser feliz por muito tempo. Eu amo você, Morena, e não vou desistir, não agora que sei que me ama. Quero sair com você, abraçá-la, beijá-la, sem ter de nos escondermos como se fôssemos marginais. Não somos, nos amamos. Não há crime no amor. Nós temos de viver esse amor mais do que nunca! Temos direito à felicidade! Já que me ama, vou lutar por você, contra quem quer que seja. Não vou desistir.

Era justamente essa postura que amedrontava Melina. Sabia que, no momento em que Henrique descobrisse seu amor por ele, nada o deteria. Por isso nunca dissera. Sempre protelara e se escondera, mas agora era tarde.

Há momentos na vida em que a ausência da verdade se faz necessária. Adiantaria ter dito, desde o início, que o amava? Haveria futuro para eles? Sabia que não. Jamais conseguiria se desvencilhar de seu casamento. Estava presa para sempre.

Arrependia-se de ter se casado, mas Cícero, no namoro era outra pessoa, ela não sabia que ele se transformaria num egoísta cínico. A vida ao lado dele havia mudado nos primeiros meses de casamento. Cícero mostrara o machista que era, sempre deixando claro o que pensava sobre as mulheres, vistas por ele como aquelas que deveriam servir e se sentirem gratas por isso. Era ridícula a forma de ver e de sentir de seu marido, entretanto não acreditava que ele tivesse noção de quanto era fora da realidade e se saberia mudar um dia e ver o mundo sob outro prisma.

Melina se lembrou do pai. Também era assim, e a mãe convivera com essa realidade a vida toda. Talvez isso fosse normal no casamento.

Não sabia.

Ela lembrava-se do dia em que dissera que amava o marido e ele respondera que ela precisava deixar de ser ridícula. Haviam se casado porque ele queria filhos, apenas isso. Disse-lhe que não esperasse afeto dele, pois era coisa de homens fracos e inúteis. Nunca mais ela falou de amor. Se existiu o sentimento, Cícero matou naquele momento.

Era seu primeiro namorado, e ela pensava que os homens, depois de casados, ficavam assim mesmo. Acreditou nisso e, por muito tempo, tentou ser compreensiva. Até que descobriram a doença e, a partir daí sua vida, que era difícil, ficou insuportável.

Já tinha os dois filhos e engravidou pela terceira vez. Viu o desdém com que o marido olhara para Lúcia. Naquele momento percebeu que Cícero não queria filha, e sim outro filho, para educar dentro dos padrões que considerava bons e corretos. Na família o que importava eram os homens, cabendo às mulheres apenas fazer a vontade deles. Deles era o poder e a força. Nenhuma mulher deveria ser mais forte do que o marido a quem devia obediência.

Modo muito antigo e ultrapassado de se viver.

Quando Lúcia chegou à adolescência e passou a perceber o modo como sua mãe era tratada, decidiu que não daria ouvidos ao pai ou aos irmãos. Ficaria sempre do lado da mãe e faria tudo

MATURIDADE: RECOMEÇO

para amenizar seus problemas. Fazia isso sempre e estava constantemente auxiliando a mãe em seus momentos difíceis. Por isso, a levou à festa. Sabia que um final de semana longe de casa seria bom para tirar o peso das dificuldades que a família trazia, mas o final de semana trouxe Henrique também, e a vida de Melina mudou totalmente. Nunca imaginou que fosse se apaixonar por alguém. Agora queria viver esse amor tanto quanto ele. Não sabia como e nem se haveria condições para isso, mas tentaria.

Deixaria que o tempo se encarregasse de mantê-los unidos.

Melina e Henrique voltaram da viagem à praia. O tempo passava, e eles sempre juntos. Faziam planos para quando se casassem, para onde viajariam, como viveriam na volta, se continuariam morando na mesma casa. Eram planos que traçavam sempre na varanda olhando o céu ou quando estavam deitados. Concordavam em tudo, e os sonhos acabavam em risadas. Não precisavam planejar nada, afinal estavam juntos, e isso era o mais importante.

O restante não fazia diferença.

Não havia outro modo de viver senão aquele. Juntos.

Por vezes a felicidade é tanta que não é preciso muito para ver a vida sob outro ângulo. Ver o que há de bom e belo em cada situação, independentemente do que se espera além daquele momento. Deixar para depois todas as preocupações e viver apenas aquele instante.

Intensamente.

Era assim que Henrique e Melina estavam vivendo aquele mês de férias e a lua de mel. Não queriam que nada lhes tirassem a felicidade que sentiam. Estavam cada vez mais apaixonados, e a certeza do que sentiam preenchia todo seu mundo não deixando espaço para tristezas ou incertezas que pudessem trazer dúvidas em relação ao futuro.

Aproveitavam todos os momentos para estreitarem laços de carinho, de amor e faziam planos para o futuro próximo. Queriam se casar e mostrar a todos que o sentimento intenso que os unia era capaz de vencer todos os obstáculos. Não havia nada que fosse forte o bastante para separá-los.

O mês de janeiro chegou ao fim. Melina nunca havia sido tão feliz em sua vida. Amava Henrique e sabia do amor dele por ela, mas teria esse amor chances de existir em sua realidade? Não estaria fadado ao fracasso? Ela realmente conseguiria fazer o que propunha que era abandonar tudo e se abandonar nos braços do único homem que amava? Com Henrique ficavam sua força e suas certezas.

Ela seguiria sozinha para lutar por seus sonhos.

A aridez de uma vida vazia pode endurecer as pessoas, e elas tentam, a todo o custo, manterem-se afastadas do que na verdade sempre procuraram, mas as circunstâncias, o dia a dia, as mazelas, acabam sugando suas energias quando delas se precisa para lutar. Melina precisava continuar se quisesse ser feliz de verdade, mas onde ficava a energia de que necessitava para tal empreitada?

Teria coragem de lutar realmente ou a sua força ficaria com Henrique?

— Como ficamos, Morena?

— Assim que tiver oportunidade, peço o divórcio. Não vai ser fácil.

— Eu sei. Espero por suas mensagens, não deixe de escrever. Preciso amenizar a saudade e saber se está bem. Estou ao seu lado, não se esqueça disso.

— Sei que me ama e não vou me esquecer nem um minuto de você. Não deixarei de falar com você. Eu o amo e sempre amarei.

Havia chegado o final das férias e, infelizmente, Melina voltaria à vida cotidiana. O que vivera naqueles dias dera-lhe a certeza de que poderia ser feliz, que havia encontrado, ao lado de Henrique, aquilo que, sem perceber, buscara a vida toda: carinho, compreensão, ternura, paixão, calor. Sabia que só teria novamente esses sentimentos no momento em que voltasse para ele.

MATURIDADE: RECOMEÇO

Não seria fácil sua volta para casa, mas era preciso. Deixar para trás o sonho que havia vivido e encarar a realidade. Tinha que ser forte para isso.

Às vezes, busca-se a coragem em determinados acontecimentos da vida, contudo, quando esses ficam distantes, é como se também a força a eles relacionada esmorecesse, e tudo o que era tido como certeza passa a gerar dúvidas.

Busca-se alento onde se sabe não poder encontrar.

Era dessa forma que Melina via sua volta ao seu mundo real. Toda a certeza que demonstrara ter parecia sucumbir diante da realidade que a cercava. Longe de Henrique e de seu carinho, o que sobrava era a certeza de que ele esperaria por ela. Até quando? Não achava justo mantê-lo preso em uma situação que não lhe dizia respeito. Se ele queria viver o grande amor de sua vida, ela, por sua vez, temia que esse fato pudesse incitar a fúria de seus filhos e marido. Arrependia-se de ter dado esperança a Henrique. Agora não adiantava tentar fazer com que ele ficasse longe dela. Dissera várias vezes que não desistiria, e ela tinha certeza disso.

Henrique, por seu lado, esperava Melina e sua decisão. Falaria sempre com ela para que não se esquecesse dele e de seu amor. Sentiria saudades de suas noites de intensa paixão, do contato de sua boca em seu peito, de seu silêncio, de seu sorriso. Queria que ela levasse a certeza do quanto era amada e desejada. A mulher que ele procurara a vida toda, mas não sabia como seria o final da história deles. Não podia adiantar como seria o encontro de Melina com o marido. Teria ela força para abandoná-lo? Não seria tomada de sentimento de piedade e continuaria ao seu lado? Não havia como saber. Era necessário aguardar e torcer pelo melhor.

Em seu quarto, Henrique pensava e revivia os momentos em que estiveram juntos. Na dificuldade de Melina em admitir que o amava, mas isso só tornou mais interessante e necessária a conquista. Um passo de cada vez, até que, sem querer, ela se traíra e revelara o que sentia. Foi o melhor momento de sua vida, saber do amor que ela sentia por ele e que muitas vezes demonstrara sem admitir. Ela sempre fugia e deixava a resposta no ar.

Lembrava-se de sua boca em seu peito. Ela sempre ficava colada a ele por muito tempo, e isso lhe dava certeza do seu amor. Gostava de ficar abraçada a ele sem falar. Apenas o abraço e o silêncio. Aprendera a amar cada gesto dela, cada olhar, cada sorriso, cada vez que Melina envolvia seu corpo como que querendo não o deixar se afastar.

Recordava suas noites, sua expressão de puro êxtase misturado ao cansaço. A beleza com que elevava o corpo para que ele a abraçasse com mais força. Colava-se ao seu corpo como se quisesse que fossem apenas um.

As imagens vinham para lembrá-lo que precisava voltar a vê-la, repetir esses momentos de paixão e desejos. Melina se entregara finalmente. Deixara o medo de demonstrar que o amava e seu receio de falar, de confessar seu amor. Conseguira o mais difícil: que ela confiasse nele e não precisasse usar máscara; poderia ser ela mesma o tempo todo. A mulher maravilhosa que ele conhecera e aprendera a amar se revelava sempre em seus braços.

As imagens traziam de volta a grande paixão que sentia e traziam Melina junto em seus pensamentos. Sonhava de olhos abertos.

Os dias passavam lentamente. Seu filho ia sempre vê-lo e lhe dava forças, animando-o nas horas em que se sentia mais solitário.

Luís Paulo lembrava ao pai que a separação era passageira e que logo estariam novamente juntos. Sabia que o pai esperara longo tempo para encontrar a mulher que preencheria sua vida de sentido, agora que a encontrara, por ironia do destino, era casada. Mas tudo se resolveria, e Henrique poderia, enfim, viver seu sonho de amor. Nesses momentos, o pai se tornava filho, e o filho se tornava o pai.

Henrique sabia que Luís Paulo tinha razão, precisava confiar na mulher que amava. Ela teria forças de romper com uma situação absurda que vivia. Essa certeza trazia alento ao seu coração.

MATURIDADE: RECOMEÇO

Não havia o que fazer a não ser aguardar que houvesse alguma resposta de Melina.

Henrique recordou-se de quando se conheceram. O sorriso sempre reticente de Melina. O gesto de molhar o dedo no copo de uísque, sua sensualidade tranquila, suas eternas saídas quando não queria falar sobre determinado assunto, sempre atrás de um leve sorriso.

Aguardava o momento de sua volta e a alegria que ela traria consigo. Só lhe restava aguardar e torcer para que o tempo passasse rápido. Tudo se resolveria. Ela voltaria e traria de volta seu sorriso. Sua felicidade seria plena novamente. Era apenas uma questão de esperar.

Não imaginava, em nenhum minuto sequer, a luta que Melina travava em seu íntimo, tão perdida estava em relação ao seu casamento. Não sabia como aquela situação se resolveria, se realmente seria resolvida.

Eram duas pessoas sofrendo pela mesma situação sem aparente modo de resolver. Até quando o embate entre o amor dos dois e a intolerância dos demais se estenderia?

Ninguém arriscaria uma resposta.

É nesses momentos da vida que nos deparamos com uma grande interrogação e, por mais que tentemos caminhos alternativos, lá está ela a nos cercear, afastar as escolhas que tentamos fazer. Cria-se como se uma muralha diante de nós, que nos mostra apenas uma saída, e essa saída não é a que queremos ou procuramos, mas a que nos é imposta pelos acontecimentos. Mostra-se a única possível, embora não desejável. Não há outras possibilidades diante dos olhos que olham sem forças para a realidade.

Queremos fugir e nos sentimos presos.

Os momentos passam sem nos dar alternativas.

A única saída provável nos leva por caminhos que não desejamos trilhar e nos afasta dos que nos agradam. Não é fácil romper com modelos estigmatizados por conceitos postos. É preciso acatar o que a vida e a sociedade nos colocam e responder com o consentimento da dilaceração de nossos sonhos e ideais. Não se pode nem se deve se perder em sonhos que não nos levam a lugar algum.

Sonhos são para o sono, e não para os momentos em que estamos despertos. Esses momentos requerem a realidade por mais cruel e mesquinha que seja. É sempre a realidade que nos conduz por caminhos que, muitas vezes, não escolhemos, todavia temos de seguir para não ficarmos estacionados.

É a realidade que sempre nos conduz.

Esses pensamentos ocupavam a mente e a vida de Melina. Ela tentava se afastar deles, mas retornavam constantemente lhe cobrando posturas, decisões, palavras que não queria dizer e silêncios nos momentos em que precisava falar.

É possível fugir de tudo?

É possível buscar por nossos sonhos?

É possível desejar outra realidade que nos satisfaça?

Sim, é possível. Desde que estejamos dispostos a pagar o preço da desobediência às leis colocadas pelo mundo que nos rodeia. Injustas, porém, leis.

Henrique e Melina pagariam esse preço?

Apenas o tempo poderia dizer.

Capítulo V

UMA DISTÂNCIA A VENCER

A dura realidade

Ao retornar das férias, Melina encontrou a casa em situação de abandono. Não havia uma louça limpa. A casa estava suja, como se não tivesse sido limpa um dia sequer. Ela sabia que a faxineira tinha ido regularmente, era como se toda sujeira tivesse sido proposital.

Em silêncio iniciou a limpeza pela cozinha. Precisava fazer almoço, mas não era possível no meio de tanta sujeira e bagunça. Limpou e cozinhou. Chamou seu marido, mas ele queria almoçar vendo televisão. Tanto melhor.

Era preferível a ter de olhar para seu rosto e ouvir sua voz.

Depois foi separar as roupas que estavam misturadas: as limpas e passadas com sujas. Fazia tudo em silêncio. Tinha vontade de chorar, mas não daria essa alegria a Cícero, sabia que era o que ele esperava. Colocou as roupas na máquina e iniciou a faxina da casa. Nunca vira tanta bagunça e sujeira juntas. Parecia que um furacão de imundície tinha passado por lá.

Já era noite quando acabou. Tomou um banho e foi para o seu quarto. Não compartilhavam o mesmo quarto há muito tempo, melhor assim. Trancou a porta à chave e dormiu. Nem teve tempo de olhar as mensagens de Henrique, estava exausta. Faria isso na manhã seguinte. Voltaria ao trabalho na quarta, portanto teria tempo para deixar tudo, ao menos, habitável em casa.

Na manhã seguinte, levantou-se e, após preparar o café, assim que Cícero saiu para seu passeio diário, foi responder às mensagens de Henrique que se acumulavam. Ele perguntava se estava tudo bem, se ela precisava de alguma coisa, se não havia tido problemas com o marido e outras coisas. Melina respondeu que tinha preferido descansar no dia anterior e que estava tudo bem, que ele não precisava se preocupar.

Melina sabia que, se Henrique soubesse o que havia acontecido, iria querer ir até ela e só pioraria a situação. Ela não sabia o que fazer. Seu coração pedia para abandonar tudo e viver seu grande amor; as obrigações de casa e do casamento lhe diziam que ela teria de cuidar do marido que, na verdade, não necessitava de cuidados.

Os dias passavam. Melina precisava pedir o divórcio, mas não sabia como.

Não encontrava momento propício para tal evento.

Às vezes pensamos que estamos tão erradas que evitamos tomar qualquer atitude por medo do que os outros pensarão. Protelamos e deixamos nossa felicidade para depois, para um momento mais adequado.

Ainda havia seus filhos que não concordariam com a separação. A saída parecia tão distante quando se encontrava longe de Henrique. Perto dele, de sua atenção, de seu carinho, tudo parecia mais fácil. Queria que ele estivesse ali, com seu abraço, seu amor e sua força. Faria com que ela sentisse alento, com que fosse capaz de mudar sua vida. Sabia do amor que ele lhe dedicava. Era real, forte e intenso. Longe dele estava sozinha e não via saída para sua situação.

Os dias se arrastavam. Melina fazia, desfazia e refazia planos. Não se decidia.

As mensagens de Henrique continuavam chegando. Não havia cobrança, apenas declarações de amor e afirmações de que estaria com ela em qualquer momento. Queria vê-la. Pedia que lhe mandasse uma foto ou vídeo. Precisava vê-la para saber se estava bem. Melina tomou banho e se maquiou. Sua aparência não era das melhores, estava bastante cansada, mas enviou um vídeo para ele. Henrique percebeu o truque da maquiagem, mas nada falou. Na nova mensagem, disse que iria vê-la, precisava saber ao certo o que estava acontecendo. Melina pediu que ele não fosse, era cedo para qualquer atitude mais drástica. Pediu que ele aguardasse os acontecimentos. Falariam todos os dias. Tudo se ajeitaria.

Melina teve vontade de sumir, de tudo e de todos. Queria ir para bem longe, um lugar onde não pudesse ser encontrada. Não queria deixar seu emprego, nem sua filha, que seria massacrada pelos irmãos.

Não via saída. Para onde olhasse, lá estava a chantagem e a eterna doença de seu marido, além do olhar inquisidor de seus filhos.

Estava cansada, imensamente cansada. Deixaria o tempo passar. Pensara novamente em não responder a Henrique. Quem sabe ele desistiria dela, mas no fundo sabia que não adiantaria. Ele iria procurá-la. Onde ela estivesse, ele a encontraria. Que vontade de estar em seus braços e se esquecer de tudo! Queria voltar no tempo e novamente passar mais um mês, um mês que fosse sem se lembrar de nada. Um tempo de ausência de sua vida, cada dia mais real e mais difícil.

Os dias continuavam se arrastando lentamente.

Quando se quer que o tempo passe rápido, por pura maldade, ele se arrasta. Quando estamos aguardando uma resposta importante, um grande acontecimento, o tempo se arrasta e carrega consigo as penosas horas de espera. Os ponteiros do relógio tiram folga e esquecem que temos urgência.

O amor pede urgência, e o relógio ignora.

A vida pede urgência, e o relógio ignora.

E nos arrastamos com ele sem ver as possibilidades de saída.

Lentamente. Odiosamente.

Incrível como é a vida. Se nos encontrarmos felizes, o tempo voa e nos faz lembrar a cada segundo que a felicidade tem hora para terminar. Se estivermos infelizes, o tempo para e nos lembra que sempre é tempo de sermos infelizes. Assim era a vida de Melina. Um segundo de cada vez, que, por teimosia, se arrastava durante um tempo infindável.

Parecia que durava horas tão lento se mostrava.

Horas de angústia, de espera, de desesperança. Dia após dia.

Em sua enorme tristeza, queria mudar tudo. Não queria ter encontrado Henrique. Por que a vida lhe mostrara a felicidade se iria tomá-la de volta logo? Estava bem antes. Saía com as amigas e voltava para sua realidade. Tudo estava certo. Por que, então, a vida lhe mostrara que poderia ser de outra forma se essa outra forma não lhe era permitida? Só por ironia? Mostrara-lhe que havia amor verdadeiro, mas esse amor não era para ela.

Havia grande brincadeira no destino. Teria que deixar tudo para trás e se conformar com o que lhe estava reservado: uma vida sem amor.

Essa era a grande verdade.

Seria assim então. Desistiria de tudo.

Não mais lutaria.

Decidiu que não mais veria Henrique. A história de amor que começara em uma festa terminava sem fogos de artifício, sem aplausos e sem músicas alegres.

Em silêncio. Na solidão de seu quarto. Vivera um sonho que se acabara.

No dia seguinte, logo pela manhã, decidiu que mudaria o número de seu celular.

Não mais haveria Henrique nem seu sonho de amor.

"Bem-vinda ao mundo real, querida", disse a si mesma.

A velha frase fazia todo sentido, enfim.

Foi exatamente o que fez. Mudou o número do celular e enviou apenas para a filha, pedindo que não passasse para ninguém. Tentaria viver novamente como estava acostumada. Trabalhava o mais que podia. Chegava em casa tão cansada que dormia cedo.

MATURIDADE: RECOMEÇO

Não pensava. Não queria pensar. Eram dolorosos demais seus pensamentos.

Esquecer era sua única saída.

Os dias, as semanas e os meses seguiram lentamente. Fevereiro se fora, assim como março. A passagem dos dias não bastava para aliviar a saudade que sentia.

Estava ainda triste, mas esqueceria tudo. O trabalho, as preocupações diárias tomavam seu tempo.

Pensava em se mudar para longe, mas não havia jeito de convencer o marido que gostava da cidade, tinha amigos e saía para simplesmente não ficar em casa.

Queria esquecer que conhecera Henrique, o que havia vivido em um mês, apenas um mês, mas que valera por toda sua vida sem sentido e sem razão de ser. Por que vivia? Não sabia. Apenas para trabalhar sem ter um minuto que pudesse dedicar-se a si mesma?

Aquilo era sua vida. Nada fazia sentido.

Os dias se repetiam. Era como se acordasse sempre no mesmo dia, com as mesmas preocupações, falando com as mesmas pessoas, os mesmos assuntos que não faziam diferença se fossem ditos ou não. Essa era sua existência insossa.

Em casa, Henrique pensava no que poderia ter acontecido. Não conseguia mais falar com Melina e a falta de notícias o desesperava. Precisava falar com ela e não tinha outro modo senão por telefone. Pensou em procurá-la, mas teve medo de complicar ainda mais a situação. Lembrou-se de quando saíram juntos do hotel. Poderiam ter sido vistos por algum conhecido do marido. Não sabia exatamente como ele era, mas imaginava. Temia pelo pior. Lembrou-se da amiga de Lúcia. Ela poderia ter o telefone da filha de Melina, assim poderia saber o que estava acontecendo.

Entrou em contato com Amanda e lhe pediu o telefone de Lúcia. Ligou para ela em seguida e soube que a mãe havia mudado de número. Ela não entendeu por que ele precisava falar com sua mãe. Sem alternativa, Henrique pediu que conversassem, mas não por telefone, iria onde ela estivesse para falarem. Felizmente a cidade onde Lúcia morava era perto, em menos de duas horas depois, ele chegou. Ela o aguardava ansiosa para saber de que se tratava.

Henrique a colocou a par do que acontecera entre ele e sua mãe:

— Não queria que você soubesse dessa forma, mas não tenho outra saída. Desde a festa de casamento, sua mãe e eu estamos nos encontrando. Não quero que pense que é apenas uma aventura para mim ou para ela. Você percebeu que ficamos juntos durante todo aquele dia, na verdade passamos também a noite juntos. Sua mãe queria que fosse apenas uma noite, mas eu me apaixonei por ela. Enviei várias mensagens depois que fomos embora, mas ela não respondeu a nenhuma. Fui procurá-la e novamente ficamos juntos em dois finais de semana. Em janeiro ficamos em minha casa o mês todo e combinamos que ela pediria o divórcio assim que voltasse. Quero que saiba que nos amamos e queremos ter o direito de viver esse amor. Sei que o casamento dela não mais existe, mas sempre houve, por parte de Melina, o receio de como seus irmãos iriam receber a notícia. Sua mãe é uma mulher admirável e merece ser feliz, porém com seu pai, pelo visto, não é possível. Não sei o que está pensando, mas asseguro que estou sendo muito sincero. Amo sua mãe e sei que ela também me ama. Temos direito à felicidade. Agora não consigo falar com ela e não sei o que está havendo, estou muito preocupado.

— Minha mãe não falou comigo sobre isso, embora eu tenha desconfiado. Creio que fosse falar no próximo final de semana. O que posso dizer é que você está certo. O casamento deles acabou faz tempo, e eu já disse a ela várias vezes que deveria se divorciar, mas ela pensa que tem obrigação de cuidar de meu pai. Sei que ele abusa dos cuidados dela e sempre acha que ela não faz o que devia. Minha mãe sofre com isso. A mulher que você conheceu tão cheia de vida não é a que vejo no dia a dia. Ela trabalha muito. Além do serviço fora, tem de cuidar de tudo em casa. Quando vou para lá, percebo o quanto está cansada, mas ela não reclama. Faz tudo em

MATURIDADE: RECOMEÇO

silêncio. Creio que o que houve entre vocês foi uma forma de ela ter um pouco de carinho, de se sentir mulher, sentir-se amada.

— Queremos ficar juntos. Já havíamos decidido. Não entendo por que ela não fala mais comigo. Não sei realmente o que aconteceu e temo pelo pior. Pode ser que seu pai ou seus irmãos tenham descoberto e sua mãe esteja sofrendo as consequências sozinha. Estou desesperado sem notícias e sem saber o que fazer. Preciso de sua ajuda.

— Pode ter acontecido realmente alguma coisa, mas não sei o que é. Se você quiser, posso ligar para ela, quem sabe consigo descobrir.

— Se puder, fico muito agradecido.

— Vou ligar. Espere um momento.

Lúcia ligou e sua mãe atendeu.

— Mamãe, está tudo bem?

— Sim. Por quê?

— Fiquei preocupada por ter mudado de número.

— Está tudo bem. Estou cansada, apenas isso.

— Papai está bem?

— Do mesmo modo, reclamando como sempre.

— Tem alguma coisa para me contar? Pode falar, somos amigas, sabe que sempre pode contar com meu apoio.

— Eu sei, filha, mas prefiro conversar quando você vier.

— Eu me engano ou está triste?

— Não se engana, não. Acho que perdi a única chance que tive de ser feliz, mas não poderia ser de oura forma. Conversaremos quando você vier. Fique bem. Beijos.

— Beijos. Até mais!

Lúcia desligou e voltou-se a Henrique:

— Ela está bastante triste, mas não quis falar por telefone. Penso que não está sozinha. O que pretende fazer agora? Ela não disse nada sobre vocês. Vai me falar quando eu for para sua casa. Senti muita tristeza e desânimo em sua voz.

— Vou procurá-la. Preciso saber o que está havendo.

— Vou para lá no final de semana. Se quiser, posso falar com ela, sei lá, fazer alguma coisa por vocês. Minha mãe pode me ouvir.

— Faria isso por nós? Entende que não é uma aventura o que houve entre nós?

— Claro. Se minha mãe estivesse feliz com meu pai, jamais pensaria em ajudá-lo, mas ela não está. Deve estar se afundando no trabalho para não pensar em nada. Se pensa que perdeu a chance de ser feliz, creio que estava se referindo ao que houve entre vocês.

— Tenho certeza que sim. Fomos felizes por pouco tempo.

Depois da conversa, Henrique voltou para casa decidido a ver Melina no próximo final de semana. Precisava, mais do que nunca, falar com ela e demovê-la da ideia de se separarem.

Naquele fim de semana, Lúcia foi para a casa dos pais. Estava com saudades da mãe. Estavam conversando no quarto de Lúcia.

— Você parece triste e cansada. O que houve? — perguntou à mãe.

— Nada demais. Muito trabalho apenas.

— Henrique me procurou.

Melina olhou assustada para a filha. Não imaginou que ele faria isso.

— Procurou você por quê? O que ele queria?

— Contar-me o que aconteceu na festa e depois dela. Foi como eu havia imaginado. Estava em seu semblante a alegria pelo que tinha vivido.

— Henrique não deveria ter feito isto. O que você deve estar pensando de mim agora? Ele não tinha esse direito.

— Não a julgo. Você vive um casamento que já acabou faz tempo. Tem direito de ser feliz. Henrique a ama e não vai desistir. Só está esperando que você mude de ideia. Está respeitando seu tempo, mas vai procurá-la. Tenho certeza de que vai. Está desesperado com a falta de notícias.

— Eu não posso deixar seu pai. Ele é doente, sabe disso.

— Não, ele não é doente. Ele faz chantagem com você. Henrique a ama como papai nunca foi capaz. Só queria que ficasse ao lado dele sem lhe dar nada em troca. Pensa que nunca percebi você se desdobrando em mil atividades para dar conta de tudo? Sempre cansada e sem brilho? Vivendo um dia após o outro como se fosse o mesmo dia? Chega de sacrifício! Viva sua vida! Vá embora com Henrique com ou sem divórcio. Siga seu caminho e não olhe para trás. Você tem direito a uma nova chance.

— E seus irmãos? Não vão aceitar, sabe como são.

— Eles já estão bem crescidos, podem cuidar de si mesmos e de papai, se for o caso. Não podem dizer o que é melhor para você. Fale com Henrique, não deixe sua felicidade escapar por entre os seus dedos.

— Não sei, acho que vou deixar como está. Henrique acabará me esquecendo. Não tenho forças para mudar algo que já é tão antigo.

— Ele tem seu novo número. Achei que tinha o direito de ter. Se não ligou ainda é porque quer lhe dar tempo. Sabe que não gosta de cobranças.

Melina não sabia o que pensar. Queria que Henrique ligasse, queria ouvir sua voz, queria vê-lo, mas tinha medo. Foram imprudentes e poderiam pagar caro por isso. Talvez o marido já soubesse e estivesse esperando o momento certo para jogar na sua cara a traição. Era de seu feitio agir assim.

O que ela não sabia era que Henrique já estava na cidade, apenas aguardando a conversa entre Lúcia e Melina.

Era quinta-feira, início de um feriado prolongado. Os filhos de Melina chegariam no dia seguinte, e ela precisava deixar o almoço pronto para eles, com tudo de que gostavam. Era sempre assim.

Sexta-feira amanheceu cinzenta naquele dia de início de abril. O sol se recusou a dar seu sorriso. Os filhos chegaram mais ou menos na hora do almoço. Melina e Lúcia estavam na cozinha terminando os preparativos. O pai, como sempre, assistia à televisão na sala. Estava mais mal-humorado do que de costume. Lúcia, a todo o momento, perguntasse se queria alguma coisa, ele respondia com um resmungo ou não dizia nada.

Seu humor mudou totalmente quando César e Fábio entraram. Ficou todo eloquente, perguntando da vida dos filhos, do trabalho, se estavam bem, como iam suas futuras esposas, se estavam felizes e muitas outras coisas. A mudança era visível. A preferência pelos filhos era evidente. Lúcia não se importava, já tinha se acostumado com aquela situação.

Cícero pediu que Lúcia levasse uma bebida aos irmãos, mas ela se recusou dizendo que eles sabiam onde estava guardada e que se servissem. Eles não gostaram do tom de voz da irmã, mas ela não se importou. Não iria servi-los. Lúcia pôs a mesa e chamou todos para o almoço. Os três vieram entre risos e conversa animada. Sentaram-se e começaram a almoçar. À hora da sobremesa, César perguntou à mãe se as férias tinham sido boas.

Antes que ela respondesse, Cícero disse:

— Foram ótimas, recebi umas fotos. Sua mãe estava muito feliz. No hotel, no restaurante e em outros lugares.

— Que fotos? Não lhe mandei nenhuma — disse Melina.

— Claro que não, mas alguém me mandou. Ficaram muito boas. Você estava muito fotogênica. Bem vestida, nem parecia a mesma pessoa.

Melina estava lívida. De que fotos seu marido falava?

Ele se levantou e foi buscar um envelope. Voltou pouco tempo depois com um perverso sorriso nos lábios. Fora traído, e Melina seria desmascarada diante dos filhos. O sabor da vingança era superior a qualquer demonstração de dor que podia estar sentindo, fazer sua esposa sofrer era mais importante do que entender os motivos que a levaram a agir de tal forma.

Para algumas pessoas, o sofrimento que causam ao outro se sobrepõe à sua própria felicidade. São pessoas infelizes e amargu-

MATURIDADE: RECOMEÇO

radas que querem arrastar outros para seu infortúnio. Cícero era assim. Para ele o sofrimento de Melina, de forma cruel e sádica, trazia uma espantosa alegria. Sabia, no fundo, que era péssimo marido, sempre fora, mas queria continuar da mesma forma. Não sabia ou não queria mudar. Não estava interessado em nada.

O sofrimento apaga toda a luz que há ao redor das pessoas e que lhes dá forças para viver, causando-lhes imenso cansaço e desinteresse pela vida, chegando a um ponto em que as vítimas do sofrimento perdem a vontade de lutar. Não veem nenhuma saída da situação em que se encontram e permanecem inertes no mesmo lugar.

A existência se torna tão difícil, penosa e sem luzes que se transforma em um círculo de escuridão, sabe-se que está em tal condição de desespero, de ausência de alegrias e não se encontra as razões e os motivos de sua infelicidade. E assim permanece-se na escuridão por medo da luz.

A vida de Melina era assim. Ela colocava na doença do marido a razão de sua ignorância e, como esposa, deveria entendê-lo e apoiá-lo. Se, em algum momento, pensou em ter direito à felicidade, esse momento havia passado e restou a resignação diante de uma situação da qual não conseguia se desvencilhar.

Henrique fora, por um curto período, a única alegria que tivera, mas, em sua opinião, era um idílio que não lhe estava reservado. Tiveram seu tempo de estar juntos, e agora ela estava de volta ao lugar que era realmente seu e ao qual pertencia, mesmo a contragosto: seu mundo ao lado da família.

Mal sabia que seria justamente sua família que lhe atiraria a primeira pedra e que seria mais severa e injusta no julgamento. Aqueles de quem cuidava a condenariam.

Na festa estava uma Melina que era guardada bem dentro de seu ser, uma pessoa que só existira naquele dia e depois, nas férias com Henrique. Com ele, conseguia ser ela mesma sem precisar se esconder atrás da máscara de esposa e mãe que sempre pensava mais nos outros do que em si mesma.

Com Henrique era mulher em cada milímetro de seu corpo. Podia demonstrar desejo, paixão, prazer, encantamento, pois ele a transformava sempre na mulher que ela desejara ter sido sempre. Com ele era a autêntica Melina.

De volta ao seu mundo real, essa Melina alegre, leve e solta ficava escondida em seu íntimo. Tinha que ficar reclusa, pois não havia lugar para ela em sua realidade.

Em sua realidade, a outra Melina surgia. Quieta, recatada, silenciosa e infeliz.

Praticamente invisível.

Em determinados momentos da vida, precisamos nos esconder atrás de uma máscara e vestir uma armadura, pois os golpes que recebemos podem nos ferir de forma brutal e constante. Era desse modo que Melina encarava sua vida: eram golpes sobre golpes sem chance de defesa. Sua armadura confeccionada por quase trinta anos de tristezas e abandono lhe dava uma sensação de não mais ser atingida. Estava alheia à realidade que a cercava, embora essa realidade cobrasse dia e noite sua postura. Por vezes ignorava. Outras, sofria com as constatações de que nada mudaria por mais que tentasse.

A armadura estava, em determinados momentos, tão frágil que os golpes lhe atingiam em cheio, e a máscara deixava ver sua face de desalento diante do que configurava comportamento padrão de esposa e mãe. Nesses momentos era impossível ser a mulher que fora ao lado de Henrique e lhe restava o papel que desempenhava em sua casa e com a família. Uma existência quase inexistente.

Não restava outra saída ou alternativa.

Via-se fadada a viver sem estar vivendo de fato.

Apenas passando pela vida. Sem rastros.

Capítulo VI

VERDADES REVELADAS

Sonhos desfeitos

Lúcia apertou a mão de sua mãe sob a mesa. Estaria do seu lado. Os irmãos estavam curiosos para ver as tais fotos do passeio da mãe. Lúcia pegou o celular sob a mesa e escreveu apenas: *descobriram.*

Cícero voltou com o envelope aberto e entregou nas mãos dos filhos. Ficou observando a expressão deles, que mudava à medida em que olhavam as fotos. Em ambos os olhares, viam-se a raiva e a indignação. Não acreditavam no que viam, aquela pessoa não poderia ser sua mãe.

As fotos mostravam a mãe saindo do hotel acompanhada de um homem que a segurava pela cintura. Outras fotos os mostravam no carro indo para algum lugar. A pessoa que fotografara havia seguido o casal e sabia que haviam ido ao motel. Teve a decência de, ao menos, não mostrar a casa de onde saíram. Eram fotos muito nítidas, não deixavam dúvidas de ser realmente um encontro. Até das férias havia fotos, de quando foram jantar fora e imaginaram não encontrar ninguém conhecido. Estavam tão felizes que negligenciaram os cuidados.

— Como você pôde trair o papai tão descaradamente, mamãe? Você traiu a todos nós! Não poderia ter feito o que fez!

— Calma, César, não é para tanto. Mamãe teria traído se ainda houvesse casamento, e vocês sabem que não há faz muito tempo. Mamãe tem direito de reconstruir sua vida e ser feliz, não houve traição de fato.

— Uma mulher casada não pode se envolver com outro homem! Isso é prostituição! É uma grande falta de vergonha!

— Deixe de ser ultrapassado, César. Você e Fábio vivem no milênio passado! Mamãe tem direito de ser feliz. Se o casamento acabou, paciência. É melhor separar a viver uma vida de mentiras, fazendo tudo por todos e nada recebendo em troca. Mamãe merece ser feliz e ao lado de papai jamais será.

— Garanto que você sabia o tempo todo. É igual a ela. Vocês se merecem. Pensam da mesma forma, uma erra e a outra apoia e encobre o erro.

— Lúcia não sabia de nada. Assumo a responsabilidade por meus atos. Não assumo culpa, porque não há. Estou cansada de bancar a dona de casa, esposa, mãe, doméstica e enfermeira. Para mim basta. Se não estiver bom para você, Cícero, dê-me o divórcio. Vou viver minha vida que é o que deveria ter feito há muito tempo.

— Mamãe, acha que me importo com o que esses trogloditas dizem? Estão fora da realidade, não sabem de nada. Acham que seu modo de ver o mundo é o único certo. Vivem de acordo com instruções dos nossos tios e de papai.

Cícero sorria com ar de deboche. Não se importava com as palavras de Lúcia. Havia desmascarado Melina na frente dos filhos. Havia recebido as fotos dias antes, mas esperara plateia para mostrá-las. Gostava de ser vítima sempre. Esse papel lhe caía muito bem, principalmente nesse momento. Sua alegria tinha algo de maléfico, não demonstrara tristeza ao constatar a traição, se é que realmente houve, mas uma forma de mais uma vez poder fazê-la pagar por uma culpa que não era dela. Nunca perdoou o fato de a esposa sair com as amigas e ele ficar em casa. Cícero não saía porque não queria, no entanto queria que a esposa ficasse também longe de tudo e de todos. Queria-a cativa e prisioneira ao lado dele, sustentando suas crises de mau humor, sua grosseria, sua estupidez e seu egoísmo. E tinha aval dos filhos.

Em um ímpeto de raiva, esmurrou a mesa e gritou com Melina e Lúcia. Chamou-as dos piores nomes que havia. Culpava a filha que levara a mãe para a festa, precisava culpar alguém para eximir-se e manter seu papel de marido traído.

— Quero que saia desta casa agora! Não vou manchar minha reputação por uma prostituta como você! Nunca mais quero que coloque os pés aqui! Vai ficar com seu amante e leve sua filha junto! Não quero vê-la também, são iguais, vocês se merecem. Duas traidoras!

Seus gritos foram tão altos que podiam ser ouvidos do lado de fora da casa.

Neste momento a campainha tocou e Lúcia foi abrir. Ninguém, nem mesmo Melina, esperava que Henrique aparecesse. Ele entrou e, tranquilamente, cumprimentou a todos. Pai e filhos o olhavam e não acreditavam na extrema ousadia daquele homem. Ele estava parado e não demonstrava nenhum tipo de constrangimento. Todos ficaram sem ação, não imaginavam que tal cena pudesse ocorrer. Melina não acreditava na coragem de Henrique de ir até sua casa sabendo que os filhos estariam presentes.

— Como você ousa vir à nossa casa depois de tudo o que fizeram? Depois de induzir nossa mãe ao erro, ainda tem a audácia de vir aqui como se tudo fosse normal? Não tem decência? Não tem hombridade? — disse César.

— Vim buscar Melina. Não vou discutir com vocês. Não houve erro, nem de minha parte, nem da parte de sua mãe. Não adianta tentar manter um casamento que já acabou há tempos, muito menos de tentar enxergar algo que não mais existe. Ouvi quando seu pai disse que quer que Melina saia desta casa, Lúcia irá conosco. Vamos, Morena, vamos para nossa casa. Aqui não há mais lugar para você — falou Henrique.

Não esperou pela resposta, pegou-a pela mão e a levou. Lúcia foi em seguida.

Melina estava sem ação, precisava de ar. Sentia-se morrer sufocada. Foram para o hotel em que ele estava. Melina caiu na cama e ficou olhando o teto. Não sabia o que sentia, era como se um buraco tivesse sido aberto e ela caíra.

Continuava caindo sem encontrar o fundo.

Caindo sempre.

Henrique deitou-se a seu lado e falou:

— Não queria que fosse assim. Perdoe-me por ter invadido sua casa daquele jeito. Não podia esperar, fiquei com medo de que a agredissem. Eu estava no carro em frente e ouvi os xingamentos, estavam muito alterados e gritando. Esperava que saísse com Lúcia.

O desespero guardado, a dor pela indiferença e ingratidão dos filhos, a raiva de ter sido humilhada por eles, tudo se transformou em choro que ela não tentou conter. Chorava por tudo o que já havia passado. Por tudo e por todos.

Henrique apenas a abraçou e esperou que seu pranto terminasse. Sabia que precisava descarregar tanto sentimento guardado. Estava ao seu lado e ficaria com ela. Agora não havia mais motivo para se esconderem. Poderiam finalmente viver como desejavam. Pretendia levá-la para casa neste mesmo dia, não queria que seus filhos a procurassem. Temia pelo que poderiam fazer, receava que fosse agredida pelo marido e pelos filhos. Levantou-se assim que Melina se acalmou. Chamou Lúcia que estava no quarto ao lado e lhe disse o que faria. Ela achou boa a ideia, mas ficaria para pegar suas coisas e iria embora na manhã seguinte.

— Tem certeza que ficará bem? Temo que algo lhe aconteça. Seus irmãos estão bravos e podem querer descontar em você. Não quer ir conosco?

— Não se preocupe comigo, Henrique. Cuide de mamãe, ela não está bem. Amanhã cedo pego minhas coisas e vou embora. Podem ficar tranquilos. Mamãe, fique bem, mandarei mensagens. Não se preocupe. Os meninos latem, mas não mordem. Não tenho medo deles e eles sabem disso.

Henrique pegou suas coisas, desceu para acertar o hotel e saiu levando Melina, que parecia um autômato. No carro deu-lhe um calmante, e ela dormiu a viagem toda, só acordou quando chegaram à casa de Henrique. Ele sugeriu que tomasse banho e se deitasse novamente. Subiu para ajudá-la. Melina seguiu a sugestão

MATURIDADE: RECOMEÇO

e, em seguida, novamente se deitou. Queria dormir até que tudo estivesse resolvido, não queria pensar em nada. Queria esquecer a cena dantesca que vivera. Ainda não acreditava nas palavras de César. Fábio ficara em silêncio, mas apoiava o irmão, ela sabia.

Onde havia errado com seus filhos? Por que eram assim?

— Quero que saiba que eu a amo e vou ficar ao seu lado. Qualquer coisa que aconteça, estarei com você. Não vou deixá-la nunca, vamos enfrentar tudo juntos. Começamos juntos e vamos permanecer assim.

— Preciso me recuperar. Acho que ainda não estou acreditando em tudo que ouvi. Pensei que haveria mais compreensão de meus filhos.

— Eu também não entendi a postura deles. Deveriam apoiá-la já que o casamento acabou, mas preferiram ficar ao lado do pai.

— Eles não fariam isso. Têm ideias muito antigas. Na opinião deles, a mulher precisa preservar o casamento, sempre.

— Mas você estava infeliz! Eles não viam? Não percebiam que tudo estava errado? Que não havia outra saída?

— Não. Minha família se divide em duas partes: o pai com os filhos e eu e minha filha. Nem me lembro desde quando é assim. Eles ficavam muito bravos quando eu saía, mas não estava aguentando mais. Precisava sair para não ficar louca. Entende por que não queria que você se envolvesse? Queria que aquela noite fosse apenas uma noite e nada mais. Ficaria só a mais doce lembrança de nós.

— Eu não me arrependo de nada do que fiz, apesar de ter causado tanta tristeza para você.

— Não se preocupe. Eu sabia o que estava fazendo. Não se culpe. Tinha que terminar. Terminou, agora vamos ver como fica.

— Vamos esquecer esse assunto por enquanto. Você precisa descansar, depois conversamos e decidimos, juntos, o que fazer.

Depois que Melina se acalmou, desceram para jantar. Ela disse que não estava com fome, mas Henrique insistiu para que ao menos tentasse comer alguma coisa. Não poderia ficar assim.

Seria pior, pois teria de ter forças para enfrentar o que viesse. Fosse o que fosse, ele estaria ao seu lado e a protegeria.

Mais tarde, no quarto, Henrique abraçou Melina para confortá-la. Ela, entretanto, agarrou-se a ele e o beijou. Colou seu corpo ao dele. Naquele momento, mais do que em qualquer outro, precisava da presença dele, do encontro dos corpos, do amor se fazendo gesto e ato. Necessitava saber que era novamente a mulher que ele havia descoberto nela.

Henrique abraçou-a com mais paixão. Também precisava saber que sua Morena estava de volta e queria seus carinhos. Nunca, em tempo algum desde que se conheceram, o amor se fez de forma tão sôfrega e urgente. Entregaram-se à paixão como se aquela fosse a última vez. Como se o mundo fosse acabar e precisassem estar unidos para se salvarem. Salvarem suas vidas das loucuras da realidade que os rodeava. Salvarem-se de se tornarem apenas mais um casal qualquer que se contenta com migalhas. Queriam perpetuar o corpo no corpo, a paixão na paixão, a boca na boca e as mãos que percorriam os corpos de ambos como se mais nada existisse além dos dois. Buscavam-se e davam-se como se apenas seus corpos pudessem ser a resposta para a sanidade de ambos. Precisavam se tornar mais fortes e o amor feito dava-lhes a força de que necessitavam. Quando se separaram, estavam extenuados e deixaram-se cair na cama sem palavras. Nunca Melina se entregara com tanta paixão e nunca Henrique a recebera tão intensamente.

No dia seguinte, Melina acordou mais animada. Não queria que as coisas terminassem como terminaram; esperava que o pedido de divórcio fosse mais tranquilo e que se resolvesse com um mínimo de civilidade. Não esperara tanta raiva por parte deles. Havia dedicado sua vida à sua família e o que recebia em troca era ignorância e julgamentos fúteis, sequer lhe deram chance de colocar suas razões, sua insatisfação com uma situação que se arrastava há tanto tempo e que eles fingiam não perceber. A ignorância do marido era previsível, pois suas atitudes, extremamente machistas, endossavam sua postura. O difícil era perceber que seus filhos seguiam o mesmo caminho do pai. Tinha pena de suas futuras esposas.

Na casa de Melina, a situação estava péssima. Os filhos culpavam a mãe pela traição e apoiavam as atitudes do pai. Era justamente o que Cícero queria.

Lúcia foi buscar suas coisas e teve de enfrentar os três, ouviu desaforos do irmão mais velho. César culpava-a por ter levado a mãe à festa e por tê-la apoiado na decisão de abandonar o pai. Ela tentou, em vão, colocar o sofrimento pelo qual a mãe passara a vida toda. Seus sonhos destruídos pelas constantes crises de mau humor do pai e os irmãos que não faziam nada para que a situação pudesse ser amenizada, mas os três estavam irredutíveis. Não adiantava discutir com eles, não mudariam de postura nunca.

Se Lúcia soubesse a noite de intenso amor de sua mãe e Henrique, ficaria, com certeza, mais tranquila. Não seria o comportamento de seus filhos que iriam minar tão forte sentimento que unia Melina e Henrique.

O amor os unira e a paixão solidificara essa união.

Capítulo VII

UMA NOVA VIDA

A felicidade pede passagem

Melina decidiu que não mais pensaria no assunto naquele momento. Estava com Henrique, alguém que realmente merecia seu carinho e sua atenção, e procuraria se fortalecer a cada dia para que, quando fosse o tempo certo, pudesse procurar pelo marido e convencê-lo de que o melhor para eles era a separação.

Se, de início, não acreditara no amor que Henrique dizia ter por ela, agora não havia nenhuma dúvida. Teria de se permitir viver esta nova fase de sua vida, merecia um mundo de amor e de carinho, merecia ser feliz e seria ao lado de quem escolhera e que a escolhera também.

Desceram para o café da manhã. A partir daquele dia, Henrique teria de retornar aos seus compromissos, e ela o aguardaria em casa. Estava tranquila. Uma nova vida iniciava naquele instante e prometia ser de grande felicidade.

— Vou trabalhar apenas na parte da manhã, volto para o almoço e ficamos juntos. Se estiver em condições e quiser falar sobre o assunto, falamos, caso contrário, aguardaremos mais um tempo. Quero que fique bem.

— Podemos conversar na sua volta. Já me sinto com mais disposição para encarar os fatos. Pode ir tranquilo, vou ler e caminhar nesse maravilhoso jardim. Ficarei aguardando ansiosa a sua volta.

MATURIDADE: RECOMEÇO

Ao término do café, Henrique despediu-se com um beijo e saiu. Melina ficou olhando o carro até desaparecer além do portão. Teria que ficar bem. Merecia isso e Henrique também. Passariam a viver para si mesmos, teriam todo o tempo do mundo para conversar e resolver suas vidas.

Durante a manhã, passou longo tempo caminhando e analisando a situação. Não adiantava fazer drama, apenas aceitar o que não pudesse ser mudado e mudar o que era passível de mudança. Havia falado com Lúcia, que estava em casa e bem. Soube que seus filhos tinham levado o pai com eles. Menos mal. Poderiam finalmente viver juntos, formavam o trio certo.

Henrique chegou na hora do almoço, e Melina ainda estava no jardim. Ele a abraçou e lhe deu um beijo. Ela ficou em seus braços.

— E então? Ficou bem?

— Sim e tomei uma decisão: vamos viver nossa história. Quero ser feliz e fazê-lo feliz. É só o que importa agora. Você, mais do que ninguém, merece a felicidade. Tanto fez para que ficássemos juntos.

— Nós merecemos a felicidade, Morena. Já passamos por muitas coisas e temos direito de ter paz, independentemente de quem quer que seja.

Entraram em casa abraçados. A nova vida começava para ambos e, se dependesse do amor que sentiam, a felicidade seria certa.

À noite Melina disse a Henrique que, se o ex-marido recusasse o divórcio, eles ficariam juntos da mesma forma. Não era preciso um papel para assegurar que duas pessoas se pertencem.

— Você me ama, Morena?

— Sim e vou amá-lo sempre. A cada dia mais que o anterior.

— Então isso nos faz, de fato, casados. Eu a amo como no primeiro dia.

Um longo beijo selou a promessa de ambos. Estavam juntos e assim ficariam. Tinham esse direito. Uma nova vida começava, e eles aproveitariam cada momento que lhes fosse reservado.

Melina tinha apenas uma preocupação: resolver a vida que ficara suspensa em sua cidade.

— Só preciso resolver meu emprego.

— Amanhã peço ao advogado para fazer uma procuração pedindo uma licença e ele mesmo resolve tudo. Você não precisa voltar. Depois resolve o que fazer, não precisa se preocupar com emprego, sabe disso.

— Melhor assim. Não gostaria de voltar, não neste momento.

— Não quero que fiquemos escondidos. Podemos sair quando você quiser e ir aonde achar que é bom. Vamos mostrar que estamos bem.

— Por mim está ótimo. Podemos começar com um jantar romântico para comemorar nossa nova vida. Você escolhe aonde poderemos ir.

Henrique tinha conversado com seu filho e falado sobre o ocorrido. Luís Paulo ficou apreensivo em relação à segurança do pai e de Melina, mas não quis comentar para evitar que o pai também se preocupasse. Apenas sugeriu cuidado com pessoas tão temperamentais como os membros da família de Melina. Henrique garantiu que tomariam cuidado e que não precisava se preocupar com eles.

Nos dias que se seguiram mantiveram a rotina. Henrique trabalhava de manhã e voltava para o almoço. Num dia em que Melina estava bem tranquila, decidiram que sairiam para jantar, queriam comemorar sua união. Melina vestiu-se de forma mais alegre. Usava um vestido muito bonito. Henrique, como sempre optara por camisa azul, pois era a cor favorita de sua esposa. Foram ao melhor restaurante que ele conhecia.

Lá chegando dirigiram-se à mesa reservada. Havia uma música bastante romântica. Henrique enlaçou-a pela cintura e foram para a pista de dança. Várias pessoas olhavam para eles e eram

MATURIDADE: RECOMEÇO

ignoradas. Não mais fugiriam de ninguém. Queriam se divertir. Necessitavam viver cada momento.

Voltaram para a mesa. Queriam brindar ao encontro que terminara com a união de ambos. Foi o que fizeram. Após o brinde, Henrique beijou Melina. Estavam felizes e demonstravam essa alegria para todos.

Ao chegarem em casa, ainda abraçados, subiram para o quarto e, como se fosse a primeira vez, deitaram e ficaram se olhando. Henrique acariciava o rosto de Melina que sorria. Entre sussurros e beijos, o amor se fez. Estavam juntos outra vez. Dormiram abraçados. Eram felizes e essa felicidade seria duradoura.

Os dias passavam, e tanto Henrique como Melina viviam a nova lua de mel do seu casamento informal. Resolveram viajar, mesmo que por poucos dias. Precisavam desse tempo para consolidar o sentimento de ambos e fortalecer a união. Não iriam para longe, apenas se afastariam da rotina da vida que se iniciava. Viajaram pelo norte do país, para cidades que Melina gostaria de conhecer. A cada dia se apaixonavam mais um pelo outro. Henrique era solícito em tudo o que Melina desejava. Tratava-a com carinho e extrema atenção. As noites eram de terno amor entre eles.

Abril e maio haviam terminado, e junho chegou, trazendo um frio agradável e um céu completamente limpo. A vida continuava tranquila para Melina e Henrique. Ela havia se adaptado bem a nova vida de casada. A cada final de semana, viajavam para algum lugar. Não tinha rotina no relacionamento deles. Henrique sempre inventava um programa diferente para que pudessem se divertir. Assim passavam os dias e os meses em completa harmonia.

Lúcia sempre os visitava e cada vez encontrava a mãe mais feliz. Rejuvenescera. Estava mais bonita, havia brilho em seus olhos. Via o modo como Henrique a tratava, sempre gentil e carinhoso. Não se cansava de dizer que sua Morena era o grande amor de sua vida e demonstrava isso com o cuidado e a atenção que lhe dedicava. Eram imensamente felizes.

As pessoas, quando se encontram em uma situação bastante difícil, não acham saída para seus problemas, mas basta uma tênue luz no fim do túnel para que haja uma mudança em seus modos de ver a vida. Uma nova esperança se lhes apresenta e um novo e promissor horizonte se lhes descortina.

Nada que é ruim pode durar para sempre.

Sempre é possível uma saída.

Henrique, após se divorciar da esposa, pensara que rapidamente teria outro relacionamento, mas dessa vez teria de ser por amor. Seu casamento não fora assim. Tanto ele quanto a ex-esposa pensaram estar apaixonados e se casaram, mas descobriram o erro e, de comum acordo, se separaram. Continuaram como amigos, fato fundamental para a criação e educação de seu filho que, na época estava com cinco anos, por isso estavam sempre juntos. O casamento não dera certo, a amizade, ao contrário, era bastante sólida, e a convivência entre eles era sempre harmoniosa.

Após quase trinta anos, em uma festa, quando não mais pensava em novo relacionamento, eis que surge Melina e lhe traz novamente a enorme vontade de se unir a alguém e viver o amor que sempre desejou. Sua índole romântica fez com que visse naquela mulher quem poderia preencher seus dias. Se naquele momento sua atitude, ao convidá-la para passar a noite com ele, parecera vulgar aos olhos de muitos, para ele fora apenas a necessidade de que tivesse uma lembrança sua e lhe desse a oportunidade de se verem novamente. O pedido havia sido ousado, mas não estava em condições de pensar muito em como poderia voltar a vê-la. Não poderia perder a oportunidade. Melina era a mulher que procurara durante muito tempo e estava ali na sua frente.

Alegre, extrovertida, simpática e inteligente.

Em momento algum poderia imaginar a vida sem alegrias que ela vivia. Agora entendia por que aceitara ficar com ele naquela noite. Lúcia tinha razão. Queria se sentir mulher, amada e desejada. Ele fizera isso. Dera a ela essa certeza. Ela queria apenas uma noite. Compreendeu a razão. Não poderia imaginar haver tanta ignorância quanto a que vira nos filhos dela. Era isso que Melina temia o tempo todo. Sabia das consequências de um relacionamento, embora estivesse cansada do casamento que não mais

MATURIDADE: RECOMEÇO

existia. Quisera uma noite para esquecer sua vida sem sentido, entretanto o que aconteceu foi a continuação do que houve naquele encontro e todo o desenrolar a partir daquela noite.

Ele não conseguira esquecê-la e a procurara.

Henrique queria que ela tivesse aceitado ir embora com ele naquele dia. Falara a verdade. Seria diferente? Talvez. Teria dado certo? Não sabia. Agira por impulso, por acreditar que Melina era a mulher que buscara tanto e por tanto tempo, mas ela recusara. Talvez soubesse das poucas chances de sucesso de uma união às cegas ou tivesse mesmo com grande medo de enfrentar sua situação.

O coração humano traça caminhos, por vezes, aleatórios à nossa vontade. Melina queria o sonho de uma noite apenas; Henrique queria uma vida ao lado dela e, por sua insistência, havia conseguido fazê-la apaixonar-se por ele. Sabia que, apenas amando, Melina poderia deixar o marido para ficarem juntos. Fez com que ela percebesse que havia algo a mais do que sua vida sem sentido e sem amor. Demonstrou que a amava de verdade e, com isso, conseguiu convencê-la a ficarem juntos. Não esperava que acontecesse toda a tragédia que houve nem que ela fosse exposta pelo marido diante dos filhos, gerando tamanha dor e tristeza.

Em seus pensamentos imaginava o marido ofendido, magoado, mas não que ele teria a coragem de expô-la diante dos filhos como fizera. Não havia razão para tanto. Deveria saber perder com dignidade, entretanto preferira se rebaixar a deixar que ela seguisse sua vida. Preferiu colocar os filhos contra a mãe a dar-lhe o direito de ser feliz. Não havia limites para seu ódio por Melina.

Há pessoas que têm uma necessidade muito grande de possuir o outro, controlar suas vontades, dirigir sua vida como se a elas pertencesse. Cícero era assim. Tinha dificuldade em lidar com recusas e fazia toda e qualquer chantagem para ter seus desejos atendidos. Não amava a esposa, mas jamais a deixaria livre. Era como se ela pertencesse a ele e, dentro desta ótica alienada, deveria cuidar dele e se sentir feliz por isso. Influenciara os filhos para que

Liver Roque

ficassem ao seu lado. Com Lúcia não dera certo. Ela percebia todo o sofrimento da mãe e, como mulher, optara por ficar ao seu lado.

Foi por isso que não demonstrou indignação ao saber do encontro da mãe e de Henrique. Percebeu o olhar de felicidade da mãe e imaginou que havia acontecido algo que a fizera feliz. Viu naquele relacionamento a oportunidade de que Melina saísse do redemoinho de tristezas em que vivia. Sabia que ela merecia ser feliz e apostara naquele caso que acontecera praticamente do nada, mas que poderia ser a salvação para uma vida sem significado. A mãe, mais do que ninguém, merecia ser, de fato, amada. Ao menos uma vez na vida.

Lúcia era uma moça moderna, morava sozinha e se sustentava com seu trabalho. Estava com 24 anos. Gostava de sua vida de solteira sem compromisso, não dava satisfação aos irmãos, que gostavam de controlar tudo. Vivia como queria. Queria viver plenamente todos os momentos de que dispusesse. Era leve e solta, segundo sua própria definição. Apoiava a mãe sempre. Estava a todo o momento ao lado de Melina e se preocupava bastante com a constante tristeza que via no semblante da mãe. Foi ela que convenceu Melina a ir à festa, pois precisava distrair. Por isso os irmãos haviam dito que ela concordava com o erro de Melina. Na opinião de Lúcia, a mãe deveria ter se separado há muito tempo.

César, o mais velho dos irmãos, estava com 27 anos e era o mais ferrenho nas discussões, sempre ficava ao lado do pai. Tinha o mesmo gênio abstruso e a mesmas ideias ultrapassadas de Cícero. Era uma pessoa difícil e retraída. Suas opiniões deveriam ser vistas como verdades absolutas, não admitia ser contrariado. Estava sempre em atrito com Lúcia, pois ela não aceitava seus julgamentos e não dava importância às suas visões superadas da vida.

Fábio, o irmão do meio, estava com 25 anos. Dificilmente dava sua opinião a respeito do que quer que fosse, mas apoiava o irmão em tudo. Era um rapaz de caráter fraco e de submissão constante aos conceitos do pai e do irmão. Não demonstrava grande discernimento entre o certo e o errado, procurava se guiar pelas ideias do irmão mais velho.

MATURIDADE: RECOMEÇO

Era uma família de pouco diálogo. Daí vinha a dificuldade de convivência de Melina e Lúcia com os demais da casa. Elas sempre estavam em desvantagem, embora a menina não se importasse com a tentativa de desmandos dos irmãos e do pai. Defendia a mãe sempre e, como ela dizia, com unhas e dentes. Não se curvava às ideias antigas dos homens da família.

Mas o que é uma família?

Pessoas nascidas do mesmo pai e da mesma mãe? Será apenas isso que define o conceito de família? Não deveria haver comunhão de sentimentos, de pensamentos? Todos não deveriam olhar para a mesma direção, buscar os mesmos ideais e se completarem em todos os momentos? Serem companheiros, amigos, aliados? Defenderem-se sempre?

A família de Melina não era assim. Eram duas famílias, na verdade. Uma formada por Melina e Lúcia. Outra formada por Cícero, César e Fábio. Totalmente diferentes. Não havia liga e nem companheirismo entre elas. Sequer havia afinidade. Viviam sob o mesmo teto e toleravam-se somente. Mais nada. Sempre houve um muro separando as duas famílias, e elas não se encontravam em momento algum e em lugar nenhum.

A família de Cícero era composta por duas moças e seis rapazes, sendo Cícero o segundo filho. Seu pai e seus irmãos eram iguais. Foi com eles que seus filhos aprenderam que o homem tem mais valor do que a mulher. O pai de Cícero era homem de gestos bruscos e fala autoritária. Ninguém discutia uma ordem dada pelo velho e rabugento Amaro. Todos o temiam, principalmente a esposa e as duas filhas. Conduzia a mulher e os filhos com mãos de ferro, no exato sentido da palavra. A qualquer tentativa de desobediência, a mão de ferro descia sem dó nem piedade sobre qualquer um deles, embora a preferência fosse sempre a mulher e as filhas. As três viviam amedrontadas constantemente, tudo o que faziam não era suficiente para agradar aos desmandos do pai.

Era um tirano na exata acepção da palavra.

A qualquer tempo e por nenhum motivo aparente, o velho Amaro levantava os punhos de aço nas três. Não mais choravam, acostumaram-se com a constante violência a que eram submetidas. Apanhavam por tudo e por nada, dependendo do humor do pai, que estava sempre de mau humor.

Por vezes, não contente de bater-lhes com as mãos, usava os pés, pedaços de pau ou qualquer coisa que pudesse machucar. Sentia um prazer mórbido em causar dor.

Quando da ocasião de sua morte, as três mulheres não choraram. Tinham a impressão de que uma pessoa totalmente desconhecida e pouco amada havia morrido. Sentiram alívio quando Amaro partiu. Sentiam-se livres daquele martírio constante, mas o velho deixara seus discípulos, e a vida continuou praticamente da mesma forma, apenas com a diferença de que a mãe não mais apanhava, apenas as irmãs.

A violência praticada apenas mudou de mãos.

Assim que puderam, casaram-se para sair daquele ambiente hostil e perigoso que se tornara a casa de ambas. Tiveram sorte, pois seus maridos eram calmos e tranquilos. A vida mudara radicalmente para elas.

A mãe morrera pouco tempo depois. Talvez apenas estivesse esperando ver as filhas bem e ter a certeza de que seriam cuidadas pelos maridos.

Os irmãos, por sua vez, procuraram, para casar-se, esposas que fossem um pouco iguais à mãe, submissas. E encontraram. Dessa forma, influenciaram os filhos de Cícero que se tornaram praticamente iguais ao pai e a eles, os tios. E a tirania e opressão prosseguiram até Melina. Não sofria violência física, mas psicológica. Constantemente.

Em muitas ocasiões, o erro se perpetua.

Homens como Cícero e seus irmãos preferiam filhos para conseguir moldá-los ao seu modo torto de ver o mundo. É mais fácil dizer a um filho que as mulheres são seres inferiores do que convencer uma filha que seus irmãos são superiores a ela. A filha não vai aceitar. Foi o que aconteceu com Lúcia. Sempre considerou os irmãos e o pai totalmente ignorantes e fora da realidade e

MATURIDADE: RECOMEÇO

foi viver sua vida ao seu modo. Não dependia de ninguém nem dava satisfação de suas atitudes a ninguém. Era um ser livre. O pai e os irmãos nada puderam fazer com essa liberdade de Lúcia.

Os filhos de Melina tentaram, em vão, fazer com Lúcia o que seus tios fizeram com suas tias, mas a índole livre e solta dela colocou um basta nas primeiras tentativas deles. Jamais se sujeitaria a ser comandada pelos irmãos. Não para viver, como ela dizia, na idade média, que é onde eles viviam.

Lúcia trilhou seus próprios caminhos, traçou seu destino, bateu asas e voou, deixando seus irmãos para trás. Cuidava da mãe que ainda estava sob o jugo do pai. Apenas a ela se reportava em suas decisões.

Quando soube do romance da mãe com Henrique, viu a saída para acabar de vez com a vida sem sentido de Melina, por isso ficou ao seu lado.

Para Lúcia, o que realmente importava era amor verdadeiro, sem se prender a convenções sociais. Sabia do eterno infortúnio de sua mãe e que ela poderia ter uma chance de ser feliz de verdade. Sabia que Henrique era o homem ideal para fazer a felicidade de sua mãe e não pensara duas vezes para ficar ao lado dos dois.

Entendia que eles estavam vivendo seu idílio amoroso e torcia para que a união de ambos, que começara tão intempestiva, terminasse em bonança, que o vendaval provocado pelos tios e irmãos fosse soprar em outro lugar e estragar outras paisagens, muito longe de onde estavam a mãe e Henrique e que as brisas suaves soprassem sempre sobre eles.

Falava sempre com Melina incentivando-a a não desistir de viver sua vida, seu amor com quem seu coração escolhera. Sabia que a mãe precisava de sua força para continuar. Sempre fora tão provinciana e agora dera um basta em tudo, mas precisava sempre do apoio de Lúcia para manter a certeza de estar agindo de acordo com seu coração.

E a filha estava sempre presente, apoiando todas as suas decisões.

Capítulo VIII

CUIDANDO DO PAI

Difícil convivência

Cícero iniciou uma nova vida ao lado dos dois filhos. Ficava sozinho o dia todo, pois eles trabalhavam até tarde. Tiveram que se organizar para deixar as refeições do pai prontas e começaram a perceber como era difícil cuidar dele, por sua teimosia e resistência às recomendações do médico. Sempre fazia o contrário do que deveria fazer.

Cícero deixou as caminhadas, que eram recomendação médica e, por vezes, enchia-se de guloseimas, entre doces e salgadinhos gordurosos e carregados no sal, deixando de lado a alimentação balanceada que lhe era necessária.

Estava mais teimoso e irritado do que antes. A todo momento, voltava ao assunto da infidelidade da ex-esposa. Sempre batia na mesma tecla de que todas as mulheres são infiéis.

Parecia gostar de se torturar o tempo todo.

O ex-marido de Melina era um homem rude, machista, intempestivo e ignorante. Foi criado para ser obedecido como seu pai havia sido por ele, seus irmãos, suas irmãs e pela mãe, que tinha medo de respirar na presença do velho e rabugento Amaro, que trazia a família sob seu total controle. Em vez de fazer em sua casa o contrário do que havia sofrido na casa paterna, pois recebera os castigos como todos os demais membros da família, decidiu perpetuar os desmandos e se tornar senhor absoluto de sua casa.

MATURIDADE: RECOMEÇO

Para os filhos isso foi bem aceito, contudo Lúcia não abaixou a cabeça a essas ideias arcaicas e, desde muito nova, demonstrou que não obedeceria aos irmãos como era da vontade do pai. Assim que pôde, saiu de casa e foi viver sua vida ao seu modo. Isso causou frustração tanto no pai quanto nos irmãos.

Quando, em momentos mais descontraídos das conversas com o pai, os filhos iniciavam um assunto, Cícero sempre dava um jeito de colocar contextos de traição na conversa. Causava desconforto em relação às futuras noras, colocando em dúvida a honestidade de ambas. Quando elas estavam presentes, ele sempre punha sua opinião sobres as mulheres e garantia que nenhuma era digna de confiança. Elas ficavam em silêncio, mas não gostavam dos comentários. Viam a maldade que havia nas palavras do sogro e temiam que os namorados fossem iguais ao pai, pois, em quase nenhuma das vezes, eles as defendiam.

Para Cícero, todas as mulheres traíam e não mereciam consideração por parte dos homens. Ele sempre as julgou seres inferiores, que deviam tudo fazer pelo marido sem querer nada em troca, afinal, em sua opinião, os homens faziam um favor de se casarem com elas. Eles deveriam ser sempre os cabeças da família, pois nunca estavam errados e deveriam ser obedecidos sem questionamentos.

Os filhos, algumas vezes, tentaram contemporizar e diziam que nem todas as mulheres eram iguais. Havia as que eram confiáveis, como suas futuras esposas, que eram exemplos de virtude. Contudo, não se via muito empenho em defender as mulheres, nem mesmo as noivas, e o pai sempre colocava em dúvida essas virtudes, deixando os filhos chateados e as noras, mais ainda.

Os filhos tentavam entender pensando que o constante mau humor e a irritação do pai deviam-se à doença que o acometia. Já a descrença na vida e intolerância deviam-se ao fato de ter sido traído, por isso culpavam a mãe pelos infortúnios do pai. Em momento algum culpavam o pai por ter, por si mesmo, contribuído para a perda da esposa por seu desamor. Tudo desculpavam a ele enquanto culpavam a mãe até pelo fato de terem de cuidar de uma pessoa que não colaborava com nada. Sempre exigindo mais e mais.

Quando saíam para o trabalho, Cícero aproveitava para fazer tudo o que não podia. Visitava bares, onde ficava bebendo e jogando até tarde. Comia todo tipo de petiscos, principalmente os mais gordurosos. Em casa, aproveitava-se de massas e doces, depois ficava sentado assistindo à televisão até que os filhos voltassem para preparar o jantar.

Passara de um período de autopiedade para um de autodestruição.

Sua ideia era deixar os filhos cada vez mais contra a mãe e, se para alcançar seu intento fosse necessário pôr um fim em sua vida, ele o faria. Deixar Melina com remorso era mais importante do que continuar vivendo. Não se conformava pelo que havia acontecido. Sempre se considerou um marido bom, porém nunca se perguntou por que a esposa estava se afastando dele e havia, inclusive, mudado de quarto.

Em sua mente imaginava que o casamento era isso mesmo e que um papel assinado garantia que a vida dos dois estaria ligada para sempre e que Melina jamais sairia de seu lado, que deveria ser feliz apenas por estar casada com ele.

Cícero cavava um fosso e, conscientemente, se jogava nele. Queira que Melina sofresse por tê-lo abandonado, não aceitava o fato de a culpa ser dele próprio. Odiava a ex-esposa, que o trocara por outro. Odiava Henrique, que, em sua opinião, roubara sua esposa. Queria que ela pagasse pelo erro cometido, mesmo que isso lhe custasse vida. Queria que tivesse remorso e não conseguisse viver com o novo amor. Considerava absurdo que ela o tivesse trocado por outro. Ele que era seu marido de verdade, não o outro, que era seu amante.

Quando entregou as fotos para os filhos, tinha imaginado que Melina se atiraria a seus pés chorando e implorando perdão, mas ela havia pedido divórcio e saíra acompanhada do amante. Essa vergonha diante dos filhos era difícil de aceitar.

MATURIDADE: RECOMEÇO

Ficava remoendo as cenas dia e noite. Sentia um prazer mórbido em se destruir.

Sua morte seria a vingança pela traição cometida, justamente com ele, seu marido de tantos anos. Foram 28 anos juntos, e ela havia jogado tudo fora por outro. Não estava certo, não era justo com ele. Eles eram casados e assim teriam que ficar para sempre.

Em momento algum, Cícero parava para analisar o que foram para Melina os anos de sacrifício ao lado dele. As inúmeras vezes que fora agredida verbalmente por ele. As tantas humilhações sofridas, principalmente quando seus amigos de farras e bebedeira estavam em sua casa. Nesses momentos ele crescia em covardia e falava impropérios que feriam a esposa. Os anos de trabalho árduo fora e em casa para ajudar nas despesas.

Queria reparação, ele fora traído, ultrajado. Ele fora ofendido em seus brios de homem. Ele era a única vítima. Era assim que via os fatos em sua ótica distorcida. Melina pagaria o preço. Se ele morresse, ela abandonaria o amante, levada pelo remorso. Ficaria sozinha e abandonada por todos. Essa seria sua vingança, seria o castigo da esposa.

Dia após dia, pensava no assunto e antevia o resultado: Melina ultrajada por todos, abandonada pelos filhos, julgada imoral por seus irmãos que, com certeza, ficariam ao lado dele e condenariam a cunhada traidora e infiel. Dia após dia, continuava sem tomar seus medicamentos.

Quando os filhos retornavam do trabalho, percebiam que a saúde do pai diminuía. Questionavam-no, e ele respondia que perdera a vontade de viver, que seu apetite diminuía a cada dia e que comer qualquer alimento era quase impossível.

Ao médico, quando levado, garantia que fazia a dieta, caminhava e tomava os medicamentos. Essa atitude fazia com que César e Fábio culpassem ainda mais a mãe. A causa da piora do pai devia-se ao desgosto que sofrera.

Foi minguando até que, em uma noite do mês de abril, os filhos chegaram e encontraram o pai caído no chão de olhos fechados. Levaram-no para o hospital, porém nada mais podia ser feito. Cícero estava morto desde a manhã daquele dia.

A vingança estava concluída.

Ligaram para Lúcia e colocaram-na a par do acontecimento. Pediram que ela ligasse para a mãe, se quisesse. Não faziam questão nenhuma da presença dela já que o abandonara. Se quisesse, ela, Lúcia, ir vê-lo, não se oporiam.

Lúcia ligou para a mãe para comunicar o falecimento do pai. Ele estava morando com César, auxiliado por Fábio. Por muitas vezes tentara ter notícias do pai, entretanto os irmãos a tratavam com inimiga e filha desnaturada, negando-se a dar-lhe informações sobre sua saúde. Tentou visitá-lo, mas eles disseram que ela não era bem-vinda e que não a receberiam em casa.

Agora que o pai estava morto, Lúcia não sabia o que realmente sentia. Vira tantas vezes o modo como sua mãe era tratada que seus sentimentos em relação ao pai haviam mudado. Parecia, naquele momento, alguém muito distante. Não se lembrava de, alguma vez, ter sido tratada com carinho por ele ou pelos irmãos. Não se recordava de ter estado nos braços do pai ou ter recebido acalanto dele. Não pareciam fazer parte da mesma família.

Decidiu que acompanharia a mãe se ela resolvesse ir ao velório. Temia deixá-la sozinha à mercê de seus irmãos e dos tios. Sabia que todos iriam maltratá-la. Ligou para Henrique e colocou-o a par dos acontecimentos. Não sabia se seria conveniente que ele acompanhasse Melina, mas ele discordou. Não iria deixá-la sozinha. Caso fosse maltratada, ele a tiraria do local.

Henrique recordou-se de quando Melina lhe disse que seu marido era bem capaz de morrer só para culpá-la. Realmente ele poderia ter deixado a medicação e provocado a própria morte. Não saberia ao certo. Ninguém saberia. Mas houve premeditação como forma de castigar a ex-esposa, disso Henrique tinha certeza absoluta.

Voltou para casa e encontrou Melina sentada, olhando para lugar algum.

MATURIDADE: RECOMEÇO

Ela já sabia.

— Já soube do acontecido? Você gostaria de ir?

— Sim. Se eu não for, será pior. É como se estivesse assumindo uma culpa que não tenho. Prefiro enfrentar tudo de uma vez e acabar com isso para ter paz.

— Eu vou com você. Não vou entrar, aguardarei no carro. Não vou impor minha presença a ninguém. Não creio ser boa ideia que sejamos vistos juntos nesse momento, mas não a deixarei sozinha.

— Não sei se é prudente, sua presença pode parecer afronta e piorar ainda mais a situação. Podem achar que é provocação.

— Não posso deixá-la sozinha nesse momento. O que tiver de acontecer acontecerá com ou sem minha presença. Vamos juntos. Sei que seus filhos poderão aproveitar a ocasião para agredi-la. Quanto a mim, estou tranquilo, mas não quero que agridam você que, mais do que todos, é a única e maior vítima nessa história.

Decidiram que iriam os três. Saíram depois de combinarem com Lúcia que se encontrariam no local. Ela iria em seu próprio carro. Encontraram-se no local do velório. Henrique ficou no carro em uma rua próxima, apenas Lúcia e a mãe entraram.

Havia muitas pessoas, pois a família de Cícero era bastante grande. Eram, ao total, seis irmãos e duas irmãs. Estavam todos presentes. Todos com expressão de choro. Havia ainda a enorme quantidade de sobrinhos. César e Fábio estavam posicionados aos lados do caixão recebendo os cumprimentos.

Quando Melina entrou, todos os olhares se dirigiram a ela e a Lúcia. Os filhos olharam com indignação. Não acreditavam na coragem da mãe de ter ido ao velório.

Os comentários em voz baixa foram aumentando e, em pouco tempo, dava para ouvir o que diziam. Todos os presentes culpavam tanto Melina quanto Lúcia pela morte de Cícero. Colocavam em palavras duras o que pensavam sobre elas.

Lúcia se aproximou do caixão e Melina ficou um pouco afastada.

— Lúcia, saia daqui. Sabe que não é bem-vinda — disse César.

— César, sabe que tenho tanto direito de estar aqui quanto vocês.

— Direito? Quem ficou com papai enquanto você apoiava os erros de mamãe? Acaso foi nos ajudar alguma vez?

— Vocês não permitiram que eu o visitasse. Eu tentei várias vezes, em vão.

— Para piorar a doença dele? Ele morria de tristeza a cada dia.

— Então, não reclame da minha ausência.

— Por que você a trouxe? Para escarnecer da situação ou para ter certeza de que ele está realmente morto? Quem sabe ainda duvidava da morte?

— Deixe de ser infantil. Eles foram casados e mamãe tem direito de estar aqui, assim como eu também tenho.

— Não são bem-vindas aqui, principalmente essa traidora!

O grito veio de Castro, irmão mais velho de Cícero, que olhava fixamente para Melina, que sustentou o olhar com serenidade e nada respondeu.

Foi o estopim para que todos se sentissem no direito de também atacá-la. E o que se ouviu em seguida foi uma enxurrada de impropérios. "Traidora, vagabunda, prostituta!", "Você matou seu marido! Fique com seu amante!".

As pessoas que estavam do lado de fora, ao ouvir os gritos altos e violentos, entraram para ver o que estava acontecendo.

Henrique percebeu a movimentação, saiu do carro e foi até lá.

Foi abrindo caminho entre as pessoas que se acotovelavam e chegou até Melina. Os gritos aumentaram quando ele a pegou pelo braço e a abraçou.

— A vagabunda trouxe o amante junto! Que falta de vergonha! Que mulher baixa e vulgar! Não respeita o velório do marido que morreu por sua causa.

— Vamos embora, Morena. Você não precisa ouvir isso.

Levou-a para o carro e saíram. O carro se afastou rapidamente, deixando para trás a família que a repudiara.

MATURIDADE: RECOMEÇO

Melina decidiu que não mais veria ninguém, nem mesmo os filhos, que já haviam escolhido de que lado ficariam. Não queria mais sofrer por alguém que nunca lhe dera amor, sempre a maltratando e tripudiando sobre seu sofrimento. Queria estar longe de tudo e de todos.

A partir daquele dia, ninguém mais a faria infeliz.

Ninguém mais teria o poder de feri-la.

Decidiram que voltariam para casa.

Nada mais havia a se fazer naquele lugar.

Ficariam melhor longe da ignorância daquela família.

Capítulo IX

FUGA

O passado volta a assombrar

Há seis meses Melina havia desaparecido. Sem falar para ninguém onde estava.

Nem sua filha sabia onde ela se encontrava. Sabia apenas que era uma cidade pequena, mas ignorava qual fosse. Henrique estava desesperado. Lúcia lhe dissera que, se descobrisse, entraria em contato com ele imediatamente, mas o tempo passava e nada de notícias. Não sabiam o motivo da fuga de Melina. Estava tudo bem entre ela e Henrique antes de ela desaparecer.

Continuavam apaixonados e felizes como no início.

O que não era do conhecimento de ambos e que não fora contado por Melina eram as mensagens que recebera e que não deixavam dúvidas de que o ódio que a família de Cícero sentia por ela estendera-se para Henrique. Ela não sabia como seu número de celular fora descoberto e, em uma manhã, recebeu uma infinidade de mensagens dos irmãos de Cícero. Todas com xingamentos e graves ameaças.

Melina não sabia que, na manhã seguinte ao dia em que as fotos foram mostradas, Lúcia, ao buscar suas roupas, deixou o celular sobre a mesa. César pegou o aparelho e encontrou o novo número da mãe. Ele passou o número para os tios quando pediram dizendo necessitar falar com Melina.

As primeiras mensagens a tratavam como se fosse a causadora da morte do marido, chamavam-na de assassina, traidora e prostituta. Ameaçavam agredi-la quando a encontrassem. As ameaças eram claras. Não haveria perdão para ela. Isso a deixara bastante apreensiva. Não disse nada a Henrique, achava que ele não precisava saber dessas mensagens ultrajantes e baixas.

No dia seguinte, novas mensagens, dessa vez com ameaças claras a Henrique, dando, com detalhes, o percurso percorrido por ele no caminho para o trabalho, bem como seu endereço. Diziam que, se ela continuasse maculando a memória do marido, seu amante sofreria as consequências; havia matado o marido, mas não ficaria com o amante.

Seria viúva duas vezes.

Jamais perdoariam a ofensa feita a Cícero.

Melina ficou desesperada. Henrique não poderia pagar pela loucura dos ex-cunhados e dos seus filhos, pois ela sabia que eles tinham conhecimento do que os tios estavam fazendo e, certamente, apoiavam essas sandices.

Em determinados momentos da vida, temos de abrir mão de nossa felicidade por um bem maior. A dor que a separação nos causa é menor do que dor de perder quem amamos e que nos ama. Esse era o pensamento de Melina.

Seria verdade essa afirmação? Nunca deveria ter aceitado o convite para aquela noite. Havia colocado em risco a vida do homem que amava. Agora precisava tomar uma atitude, precisava pensar, sua cabeça latejava, não conseguia chegar a uma decisão.

Tinha que ser rápida. Não sabia o que fazer, mas tinha que tomar uma decisão o mais rápido possível. Não poderia continuar como estava.

As horas passavam lentamente, e Melina não conseguia pensar em nada. Não queria que Henrique percebesse seu drama, precisava se acalmar antes de sua chegada.

Neste dia ele trabalharia até mais tarde.

Henrique chegou, e ela sentiu um grande alívio. Estava tudo bem, ele estava, como sempre, alegre e cheio de saudade. Ficou longo tempo abraçada a ele sem dizer nada.

Melina então tomou sua decisão.

Não seria fácil, mas era preciso.

Naquela noite, quando se deitaram, ela estava mais apaixonada do que nunca. Queria passar aqueles momentos de ternura sem pensar em nada.

— Você está diferente. Mais apaixonada, mais ardente. Estou gostando — disse Henrique.

— Temos de viver cada momento intensamente. Concorda?

— Sim, no entanto nada mais pode nos separar. Podemos nos casar, quando você quiser, e viveremos juntos sempre.

— Eu sei, mas tem mesmo necessidade de casamento? Não podemos ficar como estamos? Estamos tão bem assim.

— Sim, estamos bem, mas gostaria que fôssemos realmente marido e mulher. Ter um casamento bem bonito, mostrar a todos como somos felizes.

— Não vejo necessidade, e você disse que queria ficar comigo com ou sem casamento. Então para que complicar? Vamos ficar juntos apenas. Apenas nós e nossa felicidade.

— Preciso pensar em sua segurança no futuro, não só neste momento. Sei que você vai abrir mão de tudo o que era de Cícero.

— Está bem. Se assim deseja, concordo. Podemos pensar para janeiro? Foi um mês maravilhoso para nós e poderemos usar a data para nos casarmos. Que tal?

— Janeiro ainda? Está tão longe. Estava pensando no próximo mês.

— Como está longe? Já estamos no meio do ano. Deixe de ser apressado. Vamos formalizar o que já vivemos, só isso.

— Vou pensar, mas acho muito tempo para esperar.

Naquela noite e nas que se seguiram, Henrique sempre voltava ao assunto de marcar a data do casamento. Melina queria esperar, dizia que não precisavam ter tanta pressa.

Todas as tardes ela esperava por Henrique no jardim. Ficara como local de encontro de ambos. Ela estava sempre sorrindo, o

MATURIDADE: RECOMEÇO

que fazia com que ele se sentisse cada vez mais feliz. A vida era, naquele momento, tudo o que sonharam quando se encontraram e ele lhe dissera que estava apaixonado por ela.

Recordavam sempre o primeiro encontro e a ousadia de Henrique.

Melina queria, a todo custo, guardar as mais belas lembranças dos dois juntos. Saíam sempre em viagens. Ela preferia outras cidades, e ele concordava. Desde que estivessem juntos, o lugar não importava.

As noites eram de intenso desejo que eles satisfaziam e depois ficavam se olhando.

Nunca um casal se amou tanto quanto eles.

Em uma manhã do mês de julho, quando Melina já tinha esquecido as mensagens, que haviam cessado, dando-lhe um pouco de sossego e paz, elas novamente chegaram, e agora as ameaças eram muito claras: ela teria duas semanas para deixar Henrique se não quisesse encontrá-lo morto. Não deveria ter esperanças de que esquecessem a desonra, pois jamais esqueceriam e queriam justiça para a memória de Cícero.

Desta vez a ameaça veio assinada por César. Dizia não querer carregar mais a vergonha de ter uma mãe adúltera. Duas semanas, ela deveria deixar o amante, ir embora sem deixar rastros e nunca mais voltar. Lembrava-lhe que, caso não fosse embora, ficaria sem Henrique e com um filho assassino. As duas coisas estariam sempre em sua consciência. Ela que decidisse rápido. O tempo era curto, e ele não estava brincando. Queria sua mãe longe do amante que destruíra a vida do pai levando-o à morte.

Era distância ou luto.

Melina quase desfaleceu ao ler a mensagem. Sabia que era influência de seus ex-cunhados. Embora seu filho fosse muito ignorante, não queria que se tornasse assassino e fosse preso destruindo sua vida. Também não queria, de forma nenhuma, que Henrique pagasse com a vida a intolerância de sua família. Então tomou sua decisão.

Uma semana depois, ao saber que Henrique ficaria até mais tarde trabalhando, decidiu que era o momento de, definitivamente, sair de sua vida.

Não arrumou bagagens. Pegou apenas uma pequena bolsa onde colocou algumas peças de roupas e saiu. Não foi vista pelas pessoas da casa. Atravessou rapidamente o caminho entre a residência e a guarita, caminhou um pouco até a próxima rua e chamou um táxi para levá-la à rodoviária. Tinha uma vaga ideia do lugar aonde iria. Era uma cidade bem pequena que conhecera há muito tempo e gostara. Ficaria em um hotel até conseguir um local para morar.

Chegando à cidadezinha foi direto para o hotel. Pegara no caminho um jornal para procurar um apartamento, encontrou um bem pequeno, do jeito que queria, já estava mobiliado. Saiu para almoçar, embora estivesse sem fome. Procurou por lojas e comprou algumas roupas, as mais simples que encontrou. Não podia gastar muito, precisava de suas economias até encontrar um emprego. Foi ver o apartamento e fez o contrato de locação. O valor do aluguel não era alto e cabia no orçamento.

Voltou para o hotel quando era quase noite e decidiu que não mais sairia. Deitou-se cedo, contudo não conseguiu dormir. Pensava em Henrique voltando para casa e não a encontrando. O que ele faria? Deixara uma carta explicando por que fora embora, mas omitira as ameaças. Seria melhor assim. Ligaria para a filha depois. No momento não queria falar com ninguém, precisava ficar sozinha e pensar.

Na manhã seguinte, logo cedo, mudou-se para o apartamento. Estava em casa. A saudade e a tristeza tomaram conta de seus pensamentos. Sozinha, sentada à beira da cama, chorou. Por ela, por Henrique, pelos filhos, pela vida de felicidade que deixara para trás. A partir daquele momento, não haveria meio de voltar.

Estava só e continuaria daquela forma por toda sua vida.

Em determinados momentos da vida, temos de pensar qual é um mal menor e optar por ele. Sabia que Henrique sofreria, mas era a única saída no momento. Não poderia arriscar a vida dele

MATURIDADE: RECOMEÇO

de forma alguma. Um dia ele a esqueceria e poderia recomeçar, porém ela estava se enterrando naquele lugar sem ter como sair. Aquele seria seu esconderijo para sempre.

Viveria daquela forma. Longe de todos.

Henrique chegou tarde e achou estranho não encontrar Melina esperando-o no jardim como sempre fazia. Temeu pelo pior. Entrou em casa quase correndo e foi direto ao quarto. Estava vazio.

As roupas continuavam no armário, contudo sua bolsa não estava guardada no lugar de costume, e seus objetos pessoais haviam desaparecido.

Sobre a cama havia um envelope com seu nome e a letra de Melina.

Abriu e leu:

"Henrique, meu único amor,

não posso mais ficar com você. Motivos de força maior me impedem, motivos estes que não quero nem devo contar, pois é melhor que assim seja. Fui feliz ao seu lado, imensamente feliz, mas agora chegou o tempo de nos separarmos. Vivemos a ousadia de um amor que não foi entendido por muitos e temos de pagar por nosso atrevimento por termos sido tão felizes.

Lembra-se de quando lhe disse que uma magia tem tempo certo para acabar? Nunca imaginei que estivesse falando tão grande verdade! Deveríamos ter ficado apenas aquela noite e esquecido, entretanto, quisemos continuar. Teríamos a mais doce lembrança de nós mesmos apenas em nossos corpos, segundo o que você mesmo disse. Quisemos a felicidade e não pensamos no preço a ser pago.

E o preço é alto demais para nós.

Vivemos um sonho que parece não caber na imaginação ou na compreensão de pessoas que só querem destruir o que há de bom e belo para os outros.

Estou partindo para que você tenha chance de recomeçar sua vida. Espero e peço que assim faça. Você merece o que há de melhor no mundo, e desejo que seja muito feliz.

Lembre-se de nossas noites.

Lembre-se de mim com carinho.

Eu me lembrarei de você sempre e com saudades.

Nunca quis que soubesse que o amava, creio que quisesse mentir para mim mesma, mas o que vivemos está constantemente em meu pensamento. Jamais me esquecerei de nossos momentos juntos e de nossas noites de carinho e amor.

Não pense que não o amo, pelo contrário, é por amá-lo demais que preciso partir. Prefiro deixá-lo a perdê-lo. Guardarei nossas lembranças e peço que faça o mesmo. Desejo que se recorde de mim com carinho.

Por favor, não me procure.

Saudades de uma vida totalmente feliz.

Beijos,

Sua Morena."

Henrique deixou-se cair na cama. O que poderia ter acontecido? Será que algum daqueles loucos havia levado Melina? Precisava pensar em algo para fazer, mas o que? Estava inerte. Estava sem ação. Não via saída. Precisava de um banho para poder pensar melhor. Não conseguia entender nada do ocorrido.

Precisava tomar uma atitude, mas qual? Fazer o que? Procurar onde? Sequer sabia o que de fato havia acontecido. Não sabia onde Melina estava nem porque partira. Estava com medo? Foi forçada a partir? Houve ameaças à sua vida? Ou a ameaça foi para ele, e ela temeu por sua vida e partiu como forma de preservá-lo?

Sua cabeça parecia ferver e não chegava a nenhuma conclusão. Sua única certeza é que não podia viver sem Melina. Ela estava em todos os seus pensamentos. Em cada espaço daquele quarto e daquela cama. Encontrá-la era, para ele, sua razão primeira. Precisava novamente de seus abraços, de seus carinhos, de seus gestos, de seu sorriso, de sua voz ao seu ouvido.

Seu peito sentia a falta da boca de Melina.

Seu corpo necessitava do calor que vinha dela.

Todo seu ser ansiava por ela. Necessitava encontrá-la.

Não era possível ficar sem sua Morena quando estavam tão bem. Quando tudo estava certo, eis que aparece algum fantasma saído não se sabe de onde para tirar o sossego e a felicidade que lhes era devida. Não teriam direito de se amarem?

Após o banho, ligou para Lúcia para saber notícias. Ela estava na mesma situação que ele. Tinha falado com a mãe que lhe contou que havia ido embora, mas não quis explicar os motivos, apenas disse que fizera o que era melhor para todos. Não deu nenhum endereço, apenas disse que falaria com ela sempre, mas que não a procurasse.

De uma coisa Lúcia tinha certeza, havia dedos, se não as mãos inteiras, dos tios na história. Sua mãe estava feliz e, de repente, desaparece sem deixar vestígios? Tentaria descobrir e novamente falaria com Henrique. Pediu que ele aguardasse por novas notícias, a mãe estava bem na medida do possível.

Dia após dia, Henrique esperava por notícias que não chegavam. Ligava constantemente para Lúcia, mas ela estava tão às cegas quanto ele. Não havia notícias, a não ser as que Melina passava para sua filha. Perguntava sempre por Henrique, mas dizia que não poderia voltar. Pedia que ele a esquecesse, pois seria melhor para ambos, menos sofrimento.

Henrique continuava sem se conformar. Quando havia encontrado a verdadeira felicidade ao lado de Melina, eis que tudo acaba sem maiores explicações. Não conseguia entender. Lembrava-se das últimas noites que passaram juntos, ela estava mais apaixonada do que antes. Estava sempre tão feliz e falava a todo o momento que o amava. Talvez fosse já uma despedida. Talvez o preparasse para viver de suas recordações.

Queria deixar lembranças do final de suas vidas juntos.

Passou-se mais um tempo, e nenhuma notícia. Henrique estava sem saber mais o que fazer. Não havia onde procurá-la, por onde começar. Não tinha ideia de onde poderia ter ido. Sabia que algo grave teria acontecido para que Melina tomasse esta atitude tão drástica quando tudo estava bem entre eles. Em momento algum demonstrara estar com problemas. Estava sempre sorridente esperando por ele, evitou contar o que aconteceu, talvez para preservar sua vida. Recordou-se de que ela dissera que temia que fizessem algo a ele. Poderia ter havido mesmo uma ameaça, não a ela, mas a ele, e Melina partiu para protegê-lo. Preferiu a distância ao perigo de sua presença.

A saudade, por vezes, coloca no coração das pessoas, motivos para continuar lutando e esperando, mesmo quando a espera é angustiante e inútil.

Saudade e esperança caminham de mãos dadas e deixam no ar a certeza de que alguma coisa possa mudar como que em um passe de mágica e aquilo que se espera e deseja possa acontecer no minuto seguinte e trazer de volta a luz de um sorriso.

Henrique esperava diariamente que Melina abrisse a porta do quarto e se atirasse em seus braços. Não lhe perguntaria o motivo da partida, apenas a receberia em um abraço e seguiriam de onde haviam parado.

O amor aconteceria no silêncio de ambos.

O amor nada questiona, acontece e pronto.

Quando se deitava, seu corpo parecia esperar por Melina. Sentia, em seu desespero, o cheiro dela que parecia estar impregnado em seu corpo. Sentia sua boca em seu peito, suas mãos em suas costas, seu desejo misturado ao dele. Ouvia seu nome sussurrado, os versos que ela sempre declamava. As palavras ditas ao ouvido para que só eles e apenas eles pudessem saber. Eram seus segredos de amantes apaixonados.

Sabia que se ela havia partido, o motivo era bastante sério. Ameaças? De quem? Dos cunhados? Dos filhos não poderia ser. Era inconcebível que ameaçassem a própria mãe. Seriam para ele então? E ela fugira para poupar-lhe a vida? Era bem provável. Talvez os "motivos de força maior" da carta fossem ameaças de morte a ele e, para preservar sua vida, ela o deixara.

Esperava dia e noite que Lúcia lhe desse uma esperança de encontrar Melina, mas a filha também não sabia onde deveria

MATURIDADE: RECOMEÇO

procurar. Não havia pista alguma. Não havia onde buscar. Melina não dava nenhum vestígio de onde se encontrava.

Estavam os dois no mais profundo desespero, sem saída. Nada fazia sentido. Por que Melina havia desaparecido? Qual seria a grande ameaça que pairava sobre sua cabeça? Quem os estava ameaçando? Queriam apenas separá-los?

Lúcia sabia que, se a mãe havia deixado Henrique, é porque algo de muito grave estava acontecendo, mas ela não dissera nada. Apenas que não poderia mais ficar com Henrique e que fora embora por isto.

Em sua solidão, Melina passava os dias reclusa em seu apartamento. Pouco saía, apenas para trabalhar, quando precisava fazer compras ou outra atividade que necessitasse deixar seu recanto. Ficava dia e noite sozinha, não falava com ninguém. Seus vizinhos, aos quais apenas cumprimentava, por vezes, tentavam entabular conversa, mas ela não deixava espaço para perguntas. Não queria que ninguém se aproximasse dela. Recusava as festas do prédio, não queria se envolver com ninguém.

Preferia o isolamento, a solidão, o silêncio.

Sofria por estar longe de Henrique. Nunca pensara que pudesse amar de tal forma. Vivera um tempo de felicidade que se acabara. Foi um sonho, porém sonhos terminam no exato momento em que abrimos os olhos. Ficam somente o gosto e a ilusão de poder continuar. Sonhos não continuam, sonhos acabam. Têm tempo certo de iniciar e terminar. Sonhos deixam na boca o sabor de coisas que poderiam ter realmente acontecido, mas que não aconteceram. Apenas ficam escondidas sob o travesseiro, no escuro silencioso do quarto e dali não saem jamais, as recordações, que guardamos qual tesouros muito valiosos.

Pensava em Henrique dia e noite.

Lembrava-se dos momentos em seus braços, da emoção que sentia a cada vez que ele a abraçava. Sentia seus beijos ainda queimando sua boca, seu sorriso iluminando sua vida. Não havia como não se lembrar, tinha sido imensamente feliz, agora restava esquecer.

Mas como se Henrique estava em seu corpo, em sua boca, em suas mãos, em seus olhos, em sua vida? Precisava arrancá-lo de si e seguir em frente.

Sem Henrique.

Sem amor. Sem felicidade.

Novamente sozinha e triste.

Os dias se arrastavam. Parecia que queriam aumentar seu tormento.

Os ponteiros do relógio outra vez faziam brincadeiras de mau gosto com ela. Simplesmente se recusavam a andar e paravam sempre no mesmo lugar. Não havia o que fazer. Apenas olhar para o relógio que insistia em contrariá-la. Passaria o final de ano sozinha, não queria que sua filha soubesse onde estava. Sabia que contaria a Henrique e ele iria procurá-la. Temia por sua vida. Não haveria perdão para ambos. Ninguém entendeu ou entenderia o amor entre eles nem aceitou ou aceitaria sua felicidade.

Se seus filhos soubessem que estavam novamente juntos, poderiam atentar contra a vida dele. Não poderia admitir que assim fosse, preferia ficar longe dele a ver sua vida ameaçada. Não esperava nenhum milagre, não aconteceria.

Estava só e só continuaria.

Pensava na acusação de traição. Realmente houve traição? Não aceitava as ofensas recebidas, não as merecia de modo algum. Depois de tanto tempo sem viver, apenas passando pela vida, eis que surge a chance de ser amada e de amar, de ter a felicidade que havia buscado tanto e que não sabia se existia de verdade.

A felicidade que Henrique lhe mostrara e lhe dera.

O mundo lhe sorriu, e ela sorrira de volta.

Muitas vezes pensa-se, escreve-se, discute-se sobre traição. Mas o que significa? Deixar de viver um grande amor porque há um papel dizendo que se pertence a alguém? É possível deixar de sentir o que se sente? É possível deixar que a vida ávida se escoasse dentre os dedos sem tentar segurá-la? Qual seria a razão para abrir mão de um sonho? Não havia nenhuma. Não houve

MATURIDADE: RECOMEÇO

traição, pois não havia mais matrimônio. O que aconteceu foi um basta em uma existência absurda e sem sentido. Se não havia mais casamento, não houve traição.

Entretanto as pessoas, em suas verdades absolutas, pensavam de outra forma. Queriam condená-la a uma vida sem significado, sem futuro. Ela queria recusar, todavia a recusa não era permitida. Deveria concordar com tudo e não mudar nada.

Ela mudou. Ou tentou. Havia quebrado o preceito de que seria a esposa de Cícero para sempre. Agora ele estava morto e queriam impedi-la de viver seu sonho, pois esse sonho maculava a memória do ex-marido.

Seus cunhados pensarem assim, ela poderia aceitar, pois assim foram educados, mas seus filhos ficarem ao lado desta insensatez era demais para ela.

O tempo cobra nossas ações, nossas atitudes, nossas decisões.

E teremos de prestar contas.

Melina pagava por um sonho de amor que desejou viver, por um tempo de puro idílio. Teria de pagar, a não ser que alguma coisa mudasse totalmente no decorrer do tempo, da vida e das mentes, mas era quase impossível que tal ocorresse. Muitas pessoas não mudam, principalmente quando pensam serem donas da verdade.

Melhor esquecer.

Em sua casa, Lúcia buscava na memória algum lugar por onde tivessem passado e que sua mãe poderia estar. E se....? Aquela cidadezinha...? Quem sabe?

Saiu no domingo de manhã e se dirigiu a uma pequena e tranquila cidade do interior. Andou pelas poucas ruas e já estava sem esperanças quando a viu do outro lado da rua. Seguiu-a e viu onde estava morando. Depois que sua mãe entrou no prédio, perguntou na portaria qual era o apartamento da senhora que acabara de entrar. Agradeceu e saiu. Havia finalmente encontrado Melina. Estava mais magra e caminhava de cabeça baixa, não olhava para os lados.

Foi procurar seus irmãos para saber do paradeiro da mãe. Eles ignoravam. Disse-lhes que ela estava desaparecida há mais de seis meses e temia que estivesse morta. Os irmãos ficaram preocupados, poderiam ter causado a morte da mãe com sua intolerância e, num repente de distração, acabaram contando sobre as mensagens. Tentaram colocar a culpa nos tios que sempre os lembravam a traição da mãe, porém com Lúcia era inútil mentir ou colocar a culpa em outrem. Ela conhecia bem a ignorância dos irmãos e disse que cada um deveria assumir os erros cometidos, pois, se havia inocentes nessa história, eram a mãe e Henrique.

Lúcia aproveitou o momento para lhes mostrar que não havia sido traição. Seus pais estavam separados há muito tempo, sequer dividiam o mesmo quarto. Apenas morava na mesma casa, o que não significava nenhum relacionamento. A mãe ficava bancando a enfermeira, a dona de casa e não tinha tempo para si mesma, vivia em função de um marido que não lhe dava o devido valor, não demonstrava carinho ou respeito por ela e a agredia constantemente com palavras duras e gestos bruscos.

Disse que a mãe tinha encontrado em Henrique o que nunca tivera ao lado do marido e que ele realmente a amava. Iriam se casar porque Henrique não queria que vivessem de outra forma. Queria apresentá-la como esposa de verdade, e os irmãos, em sua ignorância, tinham conseguido acabar com a única chance de felicidade da mãe. Se ela não mais aparecesse, teriam de carregar o remorso de tê-la condenado ao exílio e à distância de sua felicidade.

Se eles fizessem o mesmo com suas futuras esposas, com certeza ficariam sozinhos, pois não é esse o modo de se tratar uma mulher, elas se cansariam e os abandonariam. Caso ficassem sozinhos, mereceriam o que receberam por tanta ignorância. Era muito bom rever os conceitos ultrapassados que possuíam.

As cunhadas entenderam finalmente que Lúcia estava certa e concordaram que, caso eles não mudassem, não haveria casamento. Não aceitariam a mesma forma de tratamento a que Melina era submetida por eles e pelo pai. Não queriam dar continuidade a

MATURIDADE: RECOMEÇO

tanto machismo e desmandos. Com elas seria diferente ou tudo estaria terminado.

Lúcia não comentou que havia encontrado a mãe, queria que os irmãos sofressem sem saber a verdade, apenas disse que, se acontecesse alguma coisa com sua mãe ou com Henrique, não hesitaria em colocá-los na prisão. E, caso ele encontrasse sua mãe e os irmãos se intrometessem, ela não os perdoaria se fizessem qualquer coisa que fosse para separá-los. Deveriam esquecer que tiveram mãe um dia, já que nunca a consideraram, eram, em sua opinião, órfãos de mãe também. Não tinham direito ao afeto de Melina.

Os irmãos entenderam a mensagem, sabiam que Lúcia cumpriria a promessa, pois nunca concordara com o jeito ultrapassado deles e com o modo rude com que tratavam a mãe. Deixariam os dois viverem paz e nada fariam contra Melina ou Henrique, também proibiriam os tios de se intrometerem.

Eles sabiam que Lúcia falava a verdade e que era bem capaz de colocá-los na cadeia se algo acontecesse à mãe ou a Henrique. Ela saiu e disse que nunca mais queria vê-los, que não a convidassem para o casamento, pois não iria. Não queria presenciar a burrada que suas cunhadas iriam fazer, caso eles não mudassem de postura. Precisavam ficar sozinhos para aprender a valorizar as mulheres.

Vendo-se acossados, os dois irmãos disseram que nada fariam a Henrique e não mais iriam se intrometer na vida da mãe. Entenderam, a duras penas, que haviam, por sua estupidez, perdido a mãe que tantos cuidados lhes dispensara. Não haveria volta. Não sabiam onde ela estava nem como encontrá-la. Lúcia não diria.

Chegando em casa, Lúcia ligou para Henrique, que estava no auge do desespero pela espera e falta de notícias e lhe deu um endereço.

Era novamente mês de janeiro, e Melina estava mais triste do que nunca. Havia passado as festas de Natal e Ano-Novo sozinha. As lembranças de seu passado feliz voltaram com toda a força. Estava em casa, entretanto sentia-se sufocada, por isso decidiu sair e dar umas voltas sem rumo. Caminhou quase toda a amanhã e voltou para seu apartamento.

Entrou e sentou-se na sala. As lágrimas caíam de seu rosto.

Era um sábado de sol, céu claro e limpo. Parecia a mesma manhã do ano anterior em que fora tão feliz. Recordava cada momento passado ao lado de Henrique, tudo o que viveram, o quanto sonharam. Havia acabado a magia. Chorou por muito tempo encolhida em sua cama do quarto para onde fora.

Não haveria recomeço.

Não haveria nada mais.

A magia teve seu fim.

O grande relógio da vida batera as badaladas finais de sua felicidade.

A vida já havia traçado seu destino, e a ela restava cumpri-lo. A cada dia. Não mais sentia vontade de viver, apenas passava pela vida sem deixar rastros. Não seria seguida. Ela se perdera dentro da ignorância alheia, e não havia modo de se encontrar novamente.

Estava só em sua angústia.

Estava só em sua solidão.

Estava só em seu esquecimento do mundo.

Estava só na clausura de seu coração.

Estava só em um mundo de desesperos e angústias.

Não havia saída para ela a não ser esquecer-se do sonho que vivera e deixar para trás os momentos de felicidade que tivera. Não mais voltariam.

Viveria até quando? Gostaria que fosse até aquele momento e que, em algum instante, fechasse os olhos e não mais os abrisse. Seu último pensamento seria, com certeza, para Henrique, o único e grande amor de sua vida, que ficara no passado. Queria vê-lo uma última vez, mas ele estava a milhões de anos luz de sua nova realidade. Estava guardado em sua saudade e em suas lembranças e ali deveria permanecer.

Para sempre.

Levantou-se, lavou o rosto e foi preparar algo para o almoço. Precisava se alimentar, pois havia perdido muito peso e poderia adoecer. Ficar sadia para que? Mesmo assim se arrastou até a cozinha, precisava encontrar ânimo para viver, ainda que por nada que valesse a pena. Apenas para não desistir da vida.

Ouviu a campainha tocar e foi abrir. Deveria ser uma vizinha precisando de alguma coisa. Sempre a procuravam tentando entabular alguma conversa, mas ela sempre se esquivava e procurava não falar de sua vida.

Henrique tocou a campainha do pequeno apartamento e aguardou.

Melina abriu a porta.

Olhou sem acreditar em que seus olhos viam.

Magias podem retornar!

Deu alguns passos para trás e ficou parada olhando para ele, em silêncio.

Henrique estava em pé com as mãos nos bolsos. Sorria.

O mesmo sorriso manso e sincero de suas eternas lembranças.

Os mesmos olhos que a seguiram em sua fuga e frequentaram suas noites insones.

Olhava para ele ainda sem acreditar.

Parecia um sonho.

Ouviu novamente a voz tranquila de que jamais se esquecera.

— Olá, Morena! Tudo bem?

Henrique entrou e fechou a porta atrás de si.